# 哑巴红军

纪红建◎著

中国言实出版社

**图书在版编目（CIP）数据**

哑巴红军 / 纪红建著. -- 北京：中国言实出版社，2021.1

ISBN 978-7-5171-3748-1

Ⅰ.①哑… Ⅱ.①纪… Ⅲ.①纪实文学－中国－当代 Ⅳ.①I25

中国版本图书馆CIP数据核字（2021）第012465号

**出 版 人** 王昕朋

**责任编辑** 史会美

**责任校对** 崔文婷

**出版发行** 中国言实出版社

地　址：北京市朝阳区北苑路 180 号加利大厦 5 号楼 105 室

邮　编：100101

编辑部：北京市海淀区花园路 6 号院 B 座 6 层

邮　编：100088

电　话：64924853（总编室）　64924716（发行部）

网　址：www.zgyscbs.cn

E-mail：zgyscbs@263.net

**经　　销** 新华书店

**印　　刷** 北京中科印刷有限公司

**版　　次** 2021 年 3 月第 1 版　2021 年 3 月第 1 次印刷

**规　　格** 710 毫米 ×1000 毫米　1/16　11 印张

**字　　数** 165 千字

**定　　价** 68.00 元　ISBN 978-7-5171-3748-1

纪红建，湖南望城人。著有《乡村国是》《大战“疫”》《马桑树儿搭灯台》等长篇报告文学20余部，在《人民文学》《中国作家》《当代》等刊物发表长中短篇报

告文学 200 余万字。曾获第七届鲁迅文学奖、中宣部第十五届精神文明建设“五个一工程”特别奖、第二届“中华文学基金会茅盾文学新人奖”等，系中宣部“宣传思想文化青年英才”。

# 自序

哑巴同志是中国工农红军历史上唯一一位富有传奇色彩的聋哑红军。

哑巴同志既是一个普通得不能再普通的红军，又是一个身份特殊的红军。他不会说话，也听不见别人说话，典型的天聋地哑。他更不识字，甚至不懂哑语，只会用简单的手势表达自己的心思。在档案里，他的姓名是哑巴，出生年月不详，入伍时30岁左右，籍贯只知道是四川一带，其他的具体内容都不详，唯有入伍年月明了：1935年6月。哑巴同志是红一方面军途经四川时，被红军战士误当作奸细而带上革命道路的，并且机缘巧合地成了保卫党中央、中央军委的贴身警卫部队——中央警备团炊事班的一名挑夫，红色奇缘由此演绎。哑巴同志跟随着主力部队，从大渡河到延安，从延安到西柏坡，从西柏坡到北京香山，再从香山来到北京城内，从背行军锅到喂马、挑水、烧火，再到看管果园，他的身份以及他所做的每一项工作都十分普通，甚至普通得不为人所关注。

中央红军过了大渡河后，政治保卫大队的战士肖士杰与马天皇发现哑巴同志时，曾与哑巴同志有过一段时间的对峙。在那场对峙中，哑巴同志不畏强暴，分得清好与坏、是与非。而更让肖士杰与马天皇吃惊的是，面对他俩黑洞洞的枪口，哑巴同志居然毫无惧色。虽然在这里哑巴与肖士杰和马天皇似乎结了仇，但在后来的战争洗礼中，坚定的革命信念让他们紧紧地走在了一起，成为同甘共苦的革命战友。哑巴同志正式被批准参加红军后，对革命充满了向往。当他看到灰色粗布中山装、八角帽、缀布质红五星帽徽和红领章时，左看看右看看，前摸摸后摸摸，感觉特别亲切，久久不愿放手。

哑巴同志有一些缺点和小毛病，比如脾气暴躁、爱用唾沫表达自己的不满等，这些小毛病几乎贯穿了作品的始终，而这些对主人公小毛病的描写不仅没有让读者怀疑主人公的品质，相反体现了鲜明的人物个性、可敬可佩的高尚品质，让我们更加敬重这个从大渡河走出来的聋哑红军战士。当年在大渡河被肖士杰和马天皇他们带回大队的时候，哑巴同志就对他们对自己的轻视给予了回击，他不会说，就吐唾沫。平时只要谁说他的坏话，他就会毫不客气地吐唾沫。新中国成立后，哑巴同志生病了，领导想让他去休养，但领导知道如果说要哑巴同志去休养，他肯定不会去，于是编了一个美丽的谎言，说让他去一个荣军院，负责那里的卫生。来到荣军院后，对于那些摆架子，到处乱扔垃圾的从战场上退下来的英雄，哑巴同志会纠正他们的缺点，要是他们不改，逼急了，哑巴也朝他们吐唾沫。这一小毛病直到哑巴同志去世都一直没改掉。正是这些小毛病，让哑巴同志与许多人闹过矛盾。

哑巴同志的手特别紧，在延安的时候，他把几块银元放在布口袋里，贴身放着，生怕丢了，或是被人偷了。当时与他一块儿的战友熊健心里还产生一个疑问：哑巴同志怎么把钱看得这么重要呢？是不是他老家还有老婆孩子啊？要么就是他的农民意识太强了。关于哑巴同志手紧的例子还不少，但后来的事实证明了，哑巴同志对钱看得重是事实，但他不贪钱，说得准确点儿，他只是爱惜钱、勤俭节约。可战友要离开连队了，他会送点儿钱，战友家里有困难了，他也会资助点儿钱。后来，当熊健离开连队时，哑巴同志也送给了他一块银元。这是熊健始料未及的，熊健对哑巴同志的猜疑也随之消失——哑巴同志不是抠门，而是实实在在原汁原味的高尚。后来，他又随同部队来到北京城内，并在这里负责看管果园，虽然他不随便让官兵进入果园摘果子，但他却经常送果子给幼儿园的孩子们吃，至于捡回来的果子，他会把好的没烂的送给战友们吃，自己只吃烂了的。

哑巴同志的一生是幸运的，因为他遇上了红军，红军给他饭吃、衣穿，甚至干活还给他发银元、发工资；随同部队到达北京后，他又得到了战友、领导甚至是周恩来总理的关心。哑巴同志的一生又是颇有遗憾的，直到他去世，仍旧没有找到他的家和亲人，他也没有成家。组织上也多次安排去找他家里的亲人，甚至在报纸上刊登了消息，前来北京认亲的人络绎不绝，甚至排成了长队，但没有一个是他的实在亲戚；组织也想给哑巴成个家，让他老来有个伴，其间有不少令人发笑但却感人的故事，而这些故事，既体现了哑巴同志平凡的一面，又体现了他高尚的一面。

哑巴同志把自己的一生献给了革命，党和军队领导并没有忘记他对革命所作出的贡献，对他进行了特殊的照顾。最让人感动的是，在哑巴同志病重后，师领导和师医院领导一致同意成立“哑巴医疗护理小组”，让他安度晚年，这不光在卫戍区部队，就是在全军都是破了例的。

本书将字格空间留给哑巴同志这位长征途中的“边缘人群”、“平凡人物”，将笔头转向鲜为人知的历史细节，还原真实历史人物，在整体上做到了将历史叙事与人物描写有机地融为一体，语言质朴感人，有浓郁的乡土气息。

纪红建

# 目录

## 中 篇

## 下 篇

# 上篇

## “毙了这狗日的”

### ——哑巴被误认为是奸细

1935 年 6 月初，四川一带下起了瓢泼大雨。

长途奔波、疲倦万分的中央红军指战员高频率地抬着头，看看天空的乌云是不是散了。他们背后是波涛汹涌的大渡河，前面是白雪皑皑、荒无人烟的夹金山。红军指战员们看着眼前的一切，想着这几年来的风风雨雨，心中不禁隆升起一种莫名的悲壮。或许，这就是战争的洗礼。

政治保卫大队的指战员跟在中央领导和红军首长们的身后，看着首长们焦虑的面孔，心里也很不是滋味。他们不单单是首长的贴身警卫，只保证首长的人生安全，还是且必须是善于察言观色的观察家，要及时从首长的每一个细微动作中了解到首长的心理动态，以便于更好地完成警卫工作。

政治保卫大队是党中央的一支贴身警卫部队，也是一支令人羡慕和充满神秘感的部队。它的前身可以追溯到 1927 年、1928 年的时候。1927 年 10 月下旬，毛泽东率领秋收起义的部队到达井冈山地区，创建了革命根据地。1928 年 4 月，朱德、陈毅率领南昌起义保留下来的部队，在井冈山与毛泽东会师。两支部队会师后，合编为中国工农革命军第四军，朱德任军长，毛泽东任党代表和军委书记。为了保证军部和首长的安全，这年 5 月在井冈山组建了军部特务连。随后，特务连随同第四军从井冈山出发，开赴赣南，继而挺进闽西等地。1930 年 8 月，红一军团与红三军团合编为中国工农红军第一方面军（又称中央红军），朱德任总司令，毛泽东任总政委、总前委书记。特务连也改称为总前委特务连。10 月，该连扩编为特务队。12 月，又改称为特务大队。1931 年 6 月，特务大队改称为国家政治保卫大队，隶属于国家政治保卫处（后改为政治保卫局）领导。经过一年多的长途跋涉，国家政治保卫大队保卫着总前委到达江西瑞金。1934 年 7 月，国家政治保卫大队扩编为政治保卫团。在这期间，这支部队圆满完成了湘赣边界第一次党代会、红四军第九次党代会（古田会议）和在瑞金召开的中华苏维埃共和国临时中央政府成立等重要活动警卫任务，保证了会议的圆满完成，保证了毛泽东、朱德等首长的绝对安全。1934 年 10 月 8 日，中共中央向中央分局发出关于红军主力突围转移的训令，通报了红军主力将突围转移，提出了红军主力转移后的战斗任务。随后中央红军开始长征，政治保卫团也跟随中央红军从瑞金开始了具有重要而又深远意义的警卫任务。政治保卫团高度警惕地保卫着党中央、中央军委从瑞金出发，他们面对敌人的围追堵截，在物质条件极端困难的情况下，克服重重困难，圆满完成了一次又一次重大警卫任务。1935 年 1 月，中央红军到达风景秀丽的贵州遵义。这个月的 15 日至 17 日，中共中央政治局扩大会议在遵义召开。政治保卫团光荣地担负了这次在我党历史上具有深远意义和影响的会议的警卫工作。由于绝大多数党和军队领导人都参加了会议，警卫任务无疑十分重要，政治保卫团的官兵们认真谨慎，布置警戒、护送首长来回，都是一丝不苟，不敢有丝毫马虎。政治保卫大队的官兵们以高度的责任心圆满完成了遵义会议的警卫任务，受到了党中央、中央军委领导人的高度赞扬。在这里，政治保卫团缩编为政治保卫大队，下辖 3 个队。1935 年初，政治保卫大队从遵义出发，保卫前敌总指挥部、军委总政治部，毛泽东、朱德等首长继续长征北上。途中，政治保卫大队战险山、斗恶水，出师黔北，二进川南，四渡赤水，南下贵阳，西入云南，顺利渡过金沙江，摆脱了数十万敌军的围追堵截。

政治保卫大队的大队长才 20 岁不到，是个身体单瘦的小伙子。他叫吴烈。别看吴烈年纪轻轻的，还跟小孩一样，但他已经是一个有着丰富经验的警卫工作者了，并且经常出入毛泽东、周恩来等人的办公场所和住处。每次吴烈到毛泽东那儿汇报工作，毛泽东都要留他吃饭，一块聊聊国事家事。吴烈也不客气，有什么掏心窝子的话都跟毛泽东说。吴烈 1915 年 9 月出生在江西萍乡市南门外一个穷苦的村庄，1924 年，年仅 9 岁的吴烈就进了安源路矿的电气锅炉处当童工。1927年“四一二”反革命政变和马日事变后，吴烈参加了安源煤矿工人罢工、安源保卫战和护厂斗争。1930年参加中国工农红军第三军，同年加入中国共产党。他历任班长，中国工农红军总前委特务队排长、队长，国家政治保卫大队大队长，闽西独立团团长，国家政治保卫团营长，国家政治保卫局科长兼保卫大队大队长等职。

6月6日这天，因为雨大，中央红军就地宿营。刚吃过早饭，年近30的江西老表、政治保卫大队三队队长石承玉向全队官兵传话：“提高警惕，加强岗哨，不能有任何松懈。”这是军队行军时的土办法，不仅可以传达消息、联络信号，还可以起到鼓舞士气的作用。这句话很快就传到了三队每一个指战员耳里。石承玉历来作战勇敢，是大队里出了名的三不怕（不怕死、不怕苦、不怕累），从1928年5月红四军成立特务连开始，他就待在了队里，是政治保卫大队的老队员了。从井冈山一路走来，他从一个普通的士兵干到分队长，一路上大大小小的战役战斗打了几十场。好几次，在红军首长面临危险的时候，都是勇猛的石承玉解了燃眉之急。

一直到傍晚，雨也没有停下过片刻，但各方面情况还较稳定，三队的哨兵还没有向石承玉报告遇到特务或是找到当地老百姓的消息，更没有传来发现刘湘军队的消息。

吃过晚饭，人高马大的一班长肖士杰带着本班的老兵马天皇扛着半旧的步枪，大大咧咧地从宿营地出发了。他们去换正在附近值勤的战友下岗。肖士杰这人霸气，加之人长得高大，又是一班长，在队里很牛，几乎没人敢跟他正面冲突，就是队长石承玉也得让他三分。马天皇也是个人高马大的老家伙，性格豪爽而又鲁莽。

替换下上班哨的两个哨兵后，肖士杰与马天皇就开始一边警惕地看着周围的一切，一边欣赏着眼前这美丽的雨景。虽然他们身上穿着雨衣，但已经破旧不堪，到处布满了窟窿，这都是敌人的弹药和行军时树林里的树枝的杰作。雨很快就将他们全身淋湿了。6月虽然已经是夏季，但在这阴暗潮湿的天气里，如同提前进入到秋季，他们明显地感到凉飕飕的，还不时打着冷战。

不知不觉地，他们就来到一座山边。突然间鬼使神差地在他们不远处出现了一个半人高的山洞。

肖士杰首先看到，他指着那个半人高的山洞说：“老马，快看，那里有个山洞。”

马天皇顺眼看去，一个半人高的山洞就在不远处，山洞里面漆黑一片，洞口被一棵茂盛的樟树挡住了，十分隐蔽，甚至连雨水都无法飘进。

肖士杰急忙跑过去，爬进山洞，发现里面一滴雨水都没有，洞壁全是干的。肖士杰又朝外看了看，他娘的，这山洞地势高，望得远，还真能高瞻远瞩呢。

肖士杰说：“老马，快，快上来，这地方太棒了，不仅可以俯瞰周围的一切、观察敌情，还可以避雨呢，我们把这当作观察哨所吧。”

马天皇正要往洞里爬，突然间传来了一种声音，他立即一动不动地侧着身子趴在那儿聆听。

肖士杰机警地问道：“有情况？”

马天皇说：“好像是脚步声。”

肖士杰与马天皇都屏住呼吸，把耳朵朝着同一个方向使劲地听。大雨天要听到附近异常的声音是不容易的，因为满世界的雨声已经把其他的声音都淹没了。但肖士杰、马天皇都在战火中练就了一对比狗耳朵还灵的耳朵。他们都听到了脚步声，并且声音越来越近。

肖士杰说：“有情况！”说完便小心翼翼地爬出了山洞。

肖士杰与马天皇同时握紧了各自的步枪，然后“咔——嚓——，咔——嚓——”，连续几声拉枪栓的声音，枪身笔挺地握到了他们胸前，黑洞洞的枪口和刺刀即将指向前面渐渐走近的目标。

马天皇正要向前靠，肖士杰右手很自然地用力把他往后一推。这已经是肖士杰的习惯性动作了。肖士杰这人虽然有点牛气，但在困难和危险面前，他总是勇敢地冲在前面，确实起到了兵头和老兵的带头作用。虽然平时肖士杰对班里的战士要求严格，有时还要点威风，但却要得让班里的兵心服口服。

肖士杰看了看天空，小声地说：“他娘的，什么鬼天气。”确实，要是晴天，这个时候天还没有黑，目标也就能看得一清二楚。

声音越来越近了，甚至能看得清那人的面貌了。

让肖士杰和马天皇更加警惕的是，那家伙腰里竟然还别着一把发着白光的斧头。这斧头让肖士杰和马天皇展开了无限的遐想。那家伙可能是砍柴的，砍柴的带把斧头再正常不过了；那家伙可能是个木匠，斧头是木匠的主要工具之一，可能是干完活儿正往家里赶；那家伙可能是个土匪，山里的土匪一般都带着凶器；那家伙也有可能是个流浪者，一般只有流浪者穿成这样。但肖士杰和马天皇毕竟是军人，是军人就难免会用军人的眼光来看待和分析这个问题，更何况那家伙腰上别着的斧头逼着他们往最坏的方面想。肖士杰和马天皇谁都没有说，但他们在思考着同一个问题，这一带的老百姓听到来了军队，不都逃得鬼影子也没有了吗？那家伙如果不是老百姓，那肯定就是特务了。

眼前的这一情景，不得不让肖士杰和马天皇联想到1934年春天在闽西清剿时放走的那个装哑巴的特务。他们还清楚地记得，刚抓到那家伙的时候，那家伙装得可怜巴巴的，自始至终没有说过一句话，只是用手比画着，“嗷嗷”地叫着。看着那家伙可怜巴巴的样子，以为他真是个哑巴，几天后也就把那家伙放了，放走时还打发了一小袋干粮，一双胶鞋。没想到，放了那家伙不到半天，红军部队就遭到了土匪的突然袭击。让他们痛心疾首的是，这伙土匪就是那个装哑巴的家伙带来的。

一朝被蛇咬，十年怕井绳！肖士杰和马天皇想，不能再犯那样的错误了。看到眼前的这家伙，他们心中有一股莫名的怒火。

肖士杰和马天皇突然出现在那家伙的眼前，并挡住了他的去路。让肖士杰和马天皇惊奇的是，他们的枪口还没有来得及对准那家伙的脑袋，那家伙的斧头就已经利索地出现在他们眼前了。这是肖士杰和马天皇万万没想到的，他们都暗自捏了一把汗。

那家伙定睛一看，原来是两个活生生的人，手里还拿着枪，也就把那锃亮的斧头收了回去。

肖士杰毕竟是经过战争洗礼的人，心理素质十分好，没有表现出任何受到惊吓的样子，仍旧那副凶巴巴的样子，他大声地吼道：“站住！干什么的？”

那家伙看了肖士杰一眼，没有吭声，只是把斧头往腰里一别，打算走人。

马天皇说起话来像狮子一样吼叫，他补了句：“问你话呢，哑巴啦！”

那家伙没把他们的话当回事，依然我行我素。

肖士杰骂道：“狗日的，不会说话，是吧！”

那家伙用手指了指天空，嘴里还一边“嗷嗷”地叫个不停。他似乎想说，天黑了，你们别挡着我了，我得赶路。

肖士杰顺着那家伙手指的方向看了一下，天已经漆黑一团。

肖士杰冲着那家伙说：“你不要装哑巴！跟你说，这一套老子见多了！”

那家伙看肖士杰与马天皇一副不依不饶的样子，脸色顿时变了，露在袖子外的双手暴起了青筋。显然，肖士杰与马天皇激怒了他。那家伙准备抄起腰间的斧头。幸亏马天皇发现及时，把那家伙的手挡住了。

马天皇与那家伙一“过招”才发现，这小子个不高，力气还蛮大，马天皇足足高出他一头，还差点儿没有抓住他的手。

在福建放走特务的那一幕又在肖士杰的脑海中出现了。肖士杰气愤地说：“不说，是吧，看我怎么收拾你。”

那家伙双目鼓得圆圆的，一用力，马天皇的手就被甩开了，并打了一个踉跄。

更让肖士杰与马天皇吃惊的是，面对着他俩黑洞洞的枪口，那家伙居然毫无任何的畏惧。肖士杰和马天皇在夜色中与这个腰别斧头的家伙对峙着。

正在这时，传来了队长石承玉的声音。他是来查哨的，还有两个兵跟着他一块儿来了。这是红军的规矩，不管是白天还是夜晚，连队干部总要到各执勤点查哨。

石承玉一见这架势，立即子弹上膛。

“一班长，怎么回事？”石承玉历来说话雷急火急，办事也干脆利落。

肖士杰说：“这家伙不说话！”

马天皇补了一句：“又他妈的装哑巴。”

肖士杰说：“毙了这狗日的。”

石承玉说：“别急！着急顶个蛋用！”

石承玉围着那家伙走了一圈，仔细打量了一番后，对同来的另外两个兵说：“先把他捆上，带回去再说。”

两个兵刚拿出那根专门用来捆绑俘虏的绳子，那家伙就立即从腰间抽出了斧头。

“狗日的，我非把你毙了不可！”肖士杰看那家伙不听从指挥，还准备砍人，就把枪口对准了他。

石承玉用带有训斥语气的口吻说：“一班长，冷静点儿！”

顿时一片尴尬。

肖士杰实在忍耐不住了，说：“队长，跟他没什么好说的，毙了这狗日的。”

石承玉说：“你猴急什么，把枪放下！”

肖士杰和马天皇极不情愿地把枪放了下来。

让他们没想到的是，见肖士杰和马天皇都把枪放下了，那家伙也很义气地把斧头往地上一扔，并朝石承玉伸出一个大拇指。石承玉没有表露出任何的得意之色，依然板着脸。但就这么一个义气的举动，已经让他从心底里佩服这家伙了。肖士杰和马天皇的心也都微微一震。

石承玉朝那两个兵使了个眼色，两个兵以迅雷不及掩耳之势把绳子绑到了那家伙身上。那家伙见石承玉如此不仗义，眼神里立即充满了愤怒，继而口水像石头一样朝石承玉飞了过来。几个人七手八脚好不容易才把那家伙绑了个结实。正要走时，石承玉对马天皇说："马天皇，把那把斧头捎上，带回去给炊事班砍柴用。"

那家伙被带回队里后，肖士杰把它重新从上到下仔细地打量了一遍，并把他与曾经在福建抓到的那个特务进行了一番对比。肖士杰想，这家伙装得比在福建的那家伙更像；皮肤更黑，更像山里人；腰里别着一把斧头，像砍柴人；穿得更烂，像乞丐；不是完全不出声，偶尔还"嗷嗷"叫几声。

肖士杰用鼓得圆圆的双眼瞪着那家伙；那家伙也用鼓得圆圆的双眼回视着肖士杰。他们在较劲，是心理与勇气的较量。

肖士杰一边围着那家伙走，一边说："狗日的，你要不说话，就没饭给你吃，饿死你狗日的。"

那家伙头一扭，"嗷嗷"地叫着。

肖士杰在三队也是个说话有分量的人，没想到今天抓到的是一个烫手的山芋。他气得不行，骂道："当时把你这狗日的毙了就好了。"

正说着，石承玉过来了。石承玉把肖士杰叫到一边，说："一班长，在没有弄清事实真相之前，我们不能随便下结论，即使是特务，我们红军也得讲个俘虏政策。再在这儿瞎折腾，就给你个处分。"

肖士杰"唏"了一声，然后反驳道："这鬼地方前不着村后不着店的，老百姓都跑光了，他不是特务会是什么？"

石承玉尽量抑制住自己的情绪，心平气和地对肖士杰说："怎么处理，我会向大队汇报，看大队拿什么意见。"

那家伙双手被反绑着，感觉极不自在，"嗷嗷"地叫个不停。

第二天早晨，炊事员端着一碗稀饭送给那家伙吃，那家伙头一扭，看都没看。

炊事员说："大胆吃吧，没毒，我们是红军，红军是不害人的。"

肖士杰见此情景，二话没说，从炊事员手里接过那碗稀饭，往地上一摔，说："哪那么多毛病！狗日的，你有脾气！我还有脾气呢！"

那家伙挣扎着被反绑的双手，嘴里"嗷嗷"叫个不停。看样子，要不是手被反绑着，非把肖士杰揍扁不可。

当然，肖士杰毕竟还不了解那家伙，那家伙也不了解肖士杰。那家伙服软不服硬，硬起来比肖士杰还厉害，但他凡事都讲道理。

吴烈刚从国家政治保卫局局长邓发那儿回到大队部。说是大队部，其实就是一个简易的棚子，千疮百孔，到处灌风飘雨的。吴烈盘着双腿坐在一堆还算干燥的树枝和干草上，回味着刚才邓局长对警卫工作的一番指示，他越想越感到自己担子挺重的，正如邓局长所说，政治保卫大队保卫的不只是几个领导，而是一个党，甚至是一个国家的前途与命运。在当时来讲，这话虽然有点儿夸张，但也不无道理。

邓发是工人运动的著名领袖之一，1906 年出生在广东省云浮县，比吴烈大整整 10 岁。由于家境贫寒，早年到香港做工，受苏兆征的影响，参加了海员工会和洋务工会。1922 年参加香港海员大罢工，1925 年参加省港大罢工，任工人纠察队队长。同年 10 月加入中国共产党。后来又参加了北伐战争。1927 年春任中共广东油业总工会支部书记。同年 12 月参加广州起义，任第 5 区副指挥，指挥油业工人作战。起义失败后，辗转广州、香港、上海等地从事工人运动和武装斗争，任中共香港市委书记、广州市委书记、闽粤赣边特委书记兼军委会主席等职。1931 年 7 月到中央苏区，任红军总司令部政治保卫处处长、国家政治保卫局局长，开始领导中央红军中的政治保卫工作。先后被选为中共苏区中央局委员、中华苏维埃共和国中央执行委员、中央政治局候补委员。

石承玉急匆匆地向大队部跑来。一路上，石承玉被大雨淋得像个落汤鸡，他气喘吁吁地对吴烈说："大队长，抓到了，大队长，抓到了。"

"抓到什么了？整天雷急火急的。"正在思索的吴烈显然有些不高兴。

"昨天晚上，我们抓到了一个奸细。"石承玉说。

吴烈听说抓到了奸细，瘦削的脸上立即露出了笑容，并说："好，干得好，狗日的，这鸟不落的地方竟然还有奸细。"

石承玉那流着雨水的脸上露出了难以抑制的微笑。

“从那家伙嘴里套出情况没有？”吴烈继续问。

“那家伙装哑，一直不肯说话，跟他说什么，他都置之不理。”石承玉说。

“你们没怎么弄他吧？”吴烈急忙问。

“没怎么弄他。”石承玉说。

“怎么弄到手的？”吴烈问。

“队里两个兵在大渡河边的山上侦察时发现的，对战士的问话不答不理，还要横，我们怀疑他是奸细，于是就把他带回来了。”石承玉说。

“那你们凭什么判断他就是奸细？”吴烈确实少年老成。

石承玉一时不知道说什么好。

“走，看看去！”吴烈显然有些不满。打心眼里说，他也不放心。他并不是不放心石承玉这人的本质，而是石承玉有时候办事确实太马虎大意。

吴烈右手习惯性地握着腰间半旧不新的手枪，穿上那件破旧的雨衣，便大步向三队宿营地走去。石承玉大步跟在后面。很快，他们就消失在朦胧的雨雾之中。

吴烈与石承玉到达三队宿营地时，三队的几个兵正在热火朝天地审问抓到的那家伙。

见吴烈来了，带头审问那家伙的肖士杰报告说：“大队长，这家伙一句话也不肯说，早饭没让他吃，我们正在逼他说话呢。他还挺硬，硬是不说。”肖士杰所说的“逼”，其实就是不给他饭吃，折腾他。

正说着，那家伙做了个鬼脸，然后趁机把一嘴口水吐到了肖士杰头顶上。

肖士杰十分气愤，骂道：“狗日的，我打死你。”

吴烈瞪了肖士杰一眼，说：“肖士杰！你想干什么？”

肖士杰只好后退了几步。

吴烈从上到下，从前到后，把这个“奸细”仔细打量了一遍：30岁左右；矮矮的个子，大概是一米六的样子；身体挺壮实，胖墩墩的；皮肤黝黑，像非洲人，脸上还长满了麻子；穿着十分破烂，跟红军一样穿着草鞋。吴烈想，这家伙够闹革命的条件了，就不知道到底是好人还是坏人。

打量完后，吴烈便对石承玉和三队的那几个兵说：“我们是红军，不是军阀，得讲政策、守纪律，不能乱来。更不要打他、骂他，要给他饭吃，他能吃多少，就给他多少。俗话说，路遥知马力，日久见人心，先把这家伙带上。具体怎么处理，回头再说。”

“请大队长放心，我们一定按你的指示办。”石承玉说。

吴烈准备走，那家伙便“嗷嗷”直叫。这一叫，立即吸引了大家的眼光。大家看到那家伙在冲吴烈笑，但他们并不知道那家伙笑的动机何在。

吴烈回过头，笑了笑，对石承玉说：“没有我的命令，不能随便打骂体罚他。”

石承玉与肖士杰他们不服气地点了点头，他们对吴烈的做法不是太理解。石承玉想，难道真是自己办事草率？

石承玉对肖士杰说：“别再闹腾了，先把他带上。”

肖士杰说：“队长你看，这狗日的还有脾气呢。”

“你老跟他较劲，他能没脾气吗？”石承玉有点不高兴地说。

回到大队部，吴烈又开始琢磨起“奸细”的事来。三队把那家伙抓了，并怀疑他是奸细也不是完全没有理由，这鸟不落的地方，前不着村、后不着店的，哪会有老百姓呢？但从那家伙的穿着和言行举止来看，他确实不像奸细，要相貌没相貌，要个头没个头，衣着破烂，还穿着草鞋。难道是特务精心打扮的？但有一点让吴烈特别服，从心窝子里的服，那家伙不像前来卧底的特务用各种手段赢得信任，而是表现得特别朴素与纯洁。这一点是难能可贵的。仅凭这一点，就可以证明他不是个坏人。虽然这只是感觉，但有时候感觉也特别重要。吴烈还相信一个真理，再狡猾的狐狸，迟早都会露出尾巴的。

时间可以证明一切！时间也会证明一切！

# “松绑，让他背行军锅”

## ——哑巴跟随红军过大雪山，成为“编外”战士

6月8日，天气稍有好转，雨也停了，还能看到太阳的影子，虽然它脸上的那张神秘面纱并没有完全被揭开。

此时，政治保卫大队接到上级命令：保卫中央纵队，向天全县出发。因为此时中央红军的先头部队已经击溃了刘湘军队的堵截，并先后占领了四川省的天全、芦山、宝兴几座县城。保卫大队保卫着中央到达天全县住了一天，因敌军逼近，随即跑到了宝兴县。接着又从宝兴县跑到大晓碛，跑来跑去，挡在前面的依然是高耸入云的大雪山——夹金山。

夹金山，是邛崃山脉南部的高山，位于四川宝兴县的西北、阿坝州懋功县以南，海拔4000多米。山上云雾缭绕，白雪皑皑，积雪终年不化，空气稀薄，没有道路，没有人烟，气候变幻无常，时阴时晴，时雪时雨，忽而冰雹骤降，忽而狂风大作，有“神山”之称。有歌谣为证：

> 夹金山，夹金山，鸟儿飞不过，人不可攀。要想越过夹金山，除非神仙到人间。

面对着高耸入云的大雪山，毛泽东一边抽着烟，一边陷入了深深的思索之中。他心里明白，红军面临的困难是什么，但即使再困难的条件也要克服，再

艰难的道路也要往前走。如果不这样，革命就难以成功。只有正确地向前走，革命才会成功。这时，毛泽东想起了昨天政治保卫局局长邓发给他汇报的一个情况。邓发说，侦察员好不容易找到了当地一个老头，老头听说红军要过雪山，一边抽着旱烟一边摇着头对侦察员说，雪山是过不得的，自古以来，大雪山，只见人上去，不见人下来。他们把雪山称为“山神”，说如果有人在山上讲话、说笑，触怒了“山神”，不是被冰雪埋没，就是被风暴卷走，只有仙女才能飞过此山。

想到这，毛泽东笑了。毛泽东就不信这个邪！

红军指战员们一到雪山脚下，就感觉朔风呼啸，雪花满天，温度骤降。战士们身着单衣、脚穿草鞋，要翻山，困难特别大。6 月的骄阳，失去了往日的威风，却把白雪照得晶莹闪亮，晃得人睁不开眼。虽然太阳当头，山风却冷得刺骨。反差，在这里体现得淋漓尽致。

政治保卫大队保卫着中央到达山下，已近黄昏，抬头仰望，山峰直插云霄，看不到山顶。那家伙的双手被反绑着，走起路来特别扭，看到要翻大雪山了，他一个劲地朝石承玉“嗷嗷”叫。石承玉走过来问他：“什么事？”那家伙仍旧“嗷嗷”直叫。石承玉感觉那家伙没听见自己所说的，于是试着用手势跟他交流。石承玉好不容易才明白，那家伙是让给他松绑。

那家伙的这一要求让石承玉有点犯难，假如他真是特务，会不会趁机跑了，或者干出其他对红军不利的事情来？

看着石承玉为难的样子，肖士杰走过来说：“队长，不能便宜了这家伙，过雪山时，松了绑，让他背行军锅。他要敢跑，我们就毙了他。再说，他身上我们也已经搜过了，就连裤头都给脱下来看了，除了翘着的那玩意儿，其他什么都没有。”

石承玉听肖士杰这么一说，憋不住笑了，说：“也行，这大雪山的，他一个人能往哪儿跑！何不让他背行军锅呢？”

肖士杰三下五除二就把那家伙的绑松了，刚才肖士杰跟石队长所说的，那家伙也根本没有听见，因为他确实聋哑，但他看到肖士杰给他松绑，所以朝肖士杰伸出了大拇指。另外几个兵则虎视眈眈地站在那家伙四周，生怕他跑了。

肖士杰说：“老实点儿，要有诡计，老子一枪崩了你。”

石承玉对肖士杰说：“叫炊事班老王把行军锅拿过来。”

肖士杰高兴地说："我马上去。"

过了一会儿，肖士杰和炊事班班长老王把行军锅拿了过来。行军锅外面布满了黑灰，约两尺长的口径，有1尺多深，看样子至少有20多斤重。可就是这么一口锅，每餐都要炒菜煮饭，要填饱全队百多号人的肚子。

老王用一个简易的木制背架将锅绑上，放到了那家伙的背上。

那家伙背上行军锅，高兴得"嗷嗷"直叫，朝石承玉和肖士杰伸出了大拇指。石承玉这时才明白，那家伙总是"嗷嗷"叫，原来是要求干活儿。

那家伙晃了晃背上的行军锅，估计他是在看稳不稳固。那家伙背上行军锅，背上就像长了一个高耸入云的山峰。

老王笑着对石承玉说："队长，感谢队里对我们炊事班的关照哩！"

石承玉笑了笑说："这不也是歪打正着吗？要不是抓了那家伙，这锅你们还不得自己背吗？"

老王说："那是，那是。"

6月12日拂晓，石承玉根据上级指示，对全队进行了动员，他站在队伍前面大声地吼道："同志们！我们马上就要翻越雪山了，大雪封山路难行啊！再苦再累，我们也要坚持，因为我们是红军，是英勇的、战无不胜的红军。谁英雄谁好汉，雪山路上比比看。大家多喝些烈酒、姜汤、辣椒汤，山上寒冷，这样可以御寒。同志们！我们的身体可以垮，但我们的精神绝不能垮。"

随后，大家都检查了各自所带的物品，喝上了炊事班准备的烈酒、姜汤、辣椒汤，准备出发了。

老王给那家伙端来一小碗烈酒，并笑着对他说："兄弟，感谢你了！"

显然，老王不知道那家伙既聋又哑，但老王的心意，那家伙已经领会到了，他笑了笑，一饮而尽，然后朝老王伸出大拇指，表示感谢。

老王说："好，是个爽快人！"

保卫大队出发了，他们沿着崎岖狭窄的泥路，穿过浓浓的晨雾，经烧鸡窝、一直箭、五倒拐等地，向山顶爬去。战士们的情绪高昂，谁也不愿意掉队，还互相关心照顾。有战士病了，走不动了，大家都帮助他们背枪、背背包，扶着他们走。有战士不小心滑倒了，旁边的战士就立即上去将他扶起来。有战士不慎掉到几米深的雪窝里，大家又会主动递去木棍或绑腿带子将他拉上来。来到山顶后，指战员发现，这雪山真是个"怪山"，气候多变：一会儿突然出现一片黑云，随之刮起怪叫的狂风；一会儿大雾弥漫，使人觉得像腾云驾雾一样。风雪吹打在脸上，像针刺般的疼痛，战士们能披的东西都披上了，但还是难以抵抗寒冷，他们咬着牙向前走着。越往上走，空气越稀薄，呼吸越困难。有的战士头晕目眩，一步一停，一步一喘，但不能停下休息。红军与恶劣的大自然搏斗着。

指战员们沿着前面部队的脚印前进。草鞋，渐渐地裹满了冰雪，脚冻得失去了知觉。有些战士草鞋穿烂了，只好光着脚爬过雪山。许多人得了雪盲症，只好让人拉着下山。

一路上，石承玉与肖士杰他们特别注视着那家伙的一举一动，生怕他有什么异常行为，但他们发现，那家伙虽然不是年轻小伙儿了，但步伐稳健，一步一个脚印，看得出是个翻山越岭的高手，并且从没掉过队，那高耸的行军锅似乎没有给他多大的压力。

特别让石承玉感动的是，当那家伙看到有战士掉进雪窝子里时，他还会主动伸手拉一把。从那家伙爬山的姿势来看，他应该经常上山砍柴、背柴。累得直喘气的石承玉不得不打心眼里佩服他。

一次，石承玉正艰难地走着，突然听到肖士杰的叫喊声。石承玉顺着声音看去，是肖士杰掉进了雪窝子里。石承玉正要前去拉他，那家伙跑了过来，行军锅在他背上一晃一晃的。那家伙比画着，示意要石承玉让开。已经累得上气不接下气的石承玉让开了。那家伙不紧不慢地站在雪窝子边，使劲地蹬了蹬地，他在试看所站的地方是不是稳固。确定稳固后，那家伙伸出右手，肖士杰也顾不了那么多，一把抓住那只向他伸过来的手。那家伙用力一拉，人高马大的肖士杰就被那么轻易地拉出了雪窝子。被拉上来的肖士杰脸上虽然没有什么表情，但内心却感激不尽。那家伙拍了拍肖士杰的肩膀，然后一同上路了。

一天下午，政治保卫大队保卫着中央首长终于来到山脚。他们已经清楚地看到很远的地方，有好多部队在那里等着了。那是他们将要与之会合的红四方面军的先头部队。

## 胜利大会师，哑巴跟着“嗷嗷”欢庆

中央红军与红四方面军会师于懋功。红军战士们高兴得跳了起来，艰辛、痛苦全都抛诸脑后。会师后的红军部队营地，到处响起了由陆定一创作的《两大主力会合歌》：

两大主力军邛崃山脉胜利会合了，
欢迎红四方面军百战百胜英勇弟兄，
团结中国革命运动中心的力量，
嗨，团结中国革命运动中心的力量，
坚决争取大胜利；
万余里长征经历八省险阻与山河，
铁的意志血的牺牲换得伟大的会合，
为着奠定中国革命巩固的基础，
嗨，为着奠定中国革命巩固的基础，
高举红旗向前进！

有了这次翻越雪山的突出表现，石承玉决定不再绑那家伙了，他跟肖士杰说：“一班长，以后就不用再绑着那家伙了，平时看紧点儿，别让他跑了，要是让他跑了，我们就没法向大队交代了。”

肖士杰拍了拍胸膛，信誓旦旦地对石承玉说：“队长，要是那家伙跑了，你把我的头割下来。”

石承玉说：“人都跑了，割你的头顶个屁用！”

有了这次红军“编外”战士的经历，那家伙与红军有了一种说不清道不明的情缘。看着战士们唱歌时整齐划一的嘴型，那家伙也跟着“嗷嗷”地叫，他也想唱，但他实在是唱不出来。

6月18日，毛泽东一行抵达懋功县城。红军总部设在懋功河边一座天主教堂里。毛泽东和其他几位领导人分别在附近的几栋房子里住下来，等候红四方面军领导人的到来。当晚，就战略进攻方向问题，毛泽东与张闻天、朱德、周恩来复电张国焘、陈昌浩、徐向前：

> 目前形势须集大力首先突破平武，以为向北转移枢纽。其已过理番部队，速经写塘绕攻松潘，力求得手……

6月19日，政治保卫大队接到上级通知：红一方面军与红四方面军准备于6月21日晚7点召开联欢会，中央、红一方面军、红四方面军的主要领导，以及驻懋功团以上干部将参加这次联欢会。政治保卫大队也作为中央红军的代表参加这次联欢会。

接到通知的当天晚上，吴烈立即对全大队进行了政治动员，他在动员会上强调说：“同志们，总政治部要召开驻懋功团以上干部联欢会，这不是一般的会，而是一次具有重要意义的联欢会，我们不能辜负了首长对我们的信任与期望，大队分成两部分，一部分担任这次联欢会安全警卫工作，另一部分与首长一同观看演出，不管是担任警卫工作还是观看演出，都是光荣的政治任务，我们必须完成好这个政治任务。”

开完政治动员会后，各队又进一步进行了动员与安排。石承玉没有安排那家伙参加联欢会，也不可能安排他参加。不安排那家伙参加这个联欢会，石承玉是有足够理由的：其一，上级对参加活动的人员政治审查特别严格，那家伙来历不明，甚至还没有弄明白他到底是好人还是坏人，肯定过不了政审关；其二，有中央和红军的首长参加联欢会，又是在特殊时期，警卫规格自然相当高。

6月21日傍晚，那家伙看到部队集合准备参加联欢会时，“嗷嗷”直叫，不顾死活地冲出来，要跟着部队参加联欢会。谁阻拦他，他就往谁身上吐口水，谁要打他，他就瞪眼还手。

石承玉吩咐几个兵说：“把他绑起来，绑结实一点儿，由哨兵负责看管。”

当几个战士准备把那家伙绑起来时，正好吴烈从这儿经过，随便问了句：“干吗把他绑起来？”

一个战士立即向吴烈报告：“大队长，这家伙吵着要参加联欢会。”

吴烈一看是上次抓到的“奸细”，便想起这件事来，说：“把你们石队长叫过来。”

一会儿，石承玉跑了过来。

吴烈问道：“石队长，这家伙到底是不是奸细？”

石承玉迟疑了一会儿，说：“还没弄清。”

吴烈说：“好人坏人还看不出啊！都几天了？”

石承玉挠了挠后脑勺说：“有好几天了吧！从目前情况来看，不像是个坏人。”

吴烈说：“硬不行，就让他去，怕什么，你们一个队难道还让他一个人把现场闹翻了？派几个块头大点儿的坐在他身边，他真要闹事，就把他往下按。”

吴烈说完这话有点后悔，因为他感觉这是冒了政治风险的，但又不好收回，只得补了句：“石队长，看紧点儿哦！”

石承玉一想，大队长说得有理，强大的军队还怕他一个小矮个！

为了保证万无一失，石承玉把那家伙安排在自己身边坐着。

于是，哑巴有幸参加了红一方面军与红四方面军的联欢会。这是一次具有特殊意义的联欢会。会上首先唱了《两军会师歌》，随后战士剧团演出了《烂草鞋》。那家伙看得出奇地认真，有时还忍不住笑了起来，甚至还控制不住地“嗷嗷”叫几声。但那家伙的笑，是绝对纯洁的笑，简单的笑，朴实的笑。后来他用自己的一生证明了这个事实。

那家伙算是经得起考验，没有什么异常的举动。大家甚至发现，他不仅是个真正的哑巴，还听不到任何声音，是个名副其实的聋哑人。

石承玉想，中央红军都和红四方面军会师了，也该对那家伙有个了结。

## “穆桂英挂帅时有个哑巴战士，红军怎么就不能有个哑巴呢”

### ——邓发批准哑巴入伍，从此他的档案姓名叫哑巴

1935 年 6 月下旬的一天下午，石承玉雷急火急地来到政治保卫大队大队部。

石承玉是专门来汇报那家伙表现情况的，并想征求大队的意见，如何处理那家伙，老这样拖下去也不是回事。从内心里说，石承玉心已经向着那家伙了，他都想好了，要是大队领导问他如何处置那家伙，他就准备建议起码要把他安全放回家，因为他不像是奸细。

石承玉来到大队部的时候，吴烈正和大队其他几位领导在研究两河口政治局会议的警卫布置情况。

石承玉站在门口，喊道：“报告。”

吴烈头都没抬，说：“石队长来了呀，请进！请进！”

石承玉说：“是！”

吴烈知道石承玉是为什么事而来，于是问道：“石队长，那个奸细审查得怎么样了？”

石承玉犹豫了一下说：“我看，那家伙越来越不像奸细了。”

“那他像什么？”吴烈站起来，看了一下大队的其他领导，笑着问道。

石承玉迟疑了一下，然后说：“我看那家伙不像在装，而是一个真正的聋哑人。”

吴烈笑着说：“真是英雄所见略同啊！”

“大队长，既然不是奸细，就把他放了吧！”石承玉说。

吴烈说：“放了吧！再走远了，他都回不去了，也没法向他交代啊。你们说呢？”

大队其他几位领导都点头称是。

石承玉有点儿担心地说：“大队长，那家伙回去估计还得翻一次大雪山呢，他能回得去吗？”

石承玉这么一说，倒是提醒了吴烈，他陷入了沉思。约莫过了一两分钟，他才平静地说：“你回去准备些银元，再准备些吃的，明天让他赶紧回家吧！”

“是！”石承玉说。

回到队里后，石承玉对马副队长说：“准备些银元，再叫炊事班准备一些干粮，一是让他今晚吃饱点儿，二是给他准备一些路上吃的，让他明天一早上路。”

马副队长说：“没问题！只是，还有必要给他银元吗？”

石承玉说：“既然他不是特务，我们还是要讲政策的，算是对他的一种补偿吧！”

马副队长摸了摸后脑勺，说：“假如那家伙不想走了，或者说他不认识回家的路了，怎么办？”

石承玉说：“红军这么苦，他不一定跟。”

马副队长说：“但愿如此。但他待在红军队伍中，总比在家给人家做长工强多了吧！”

石承玉点了点头，认为马副队长说得很对。

晚上开饭时，炊事班长老王端了一大碗饭菜笑眯眯地送给那家伙。老王是个老好人，他自言自语地说：“身体这么棒，要是留在我们炊事班就好了。”

对于三队指战员的反常态度，那家伙察觉到了。老王叫他吃饭，他硬是不吃。他用手指了指饭碗，又用手指了指老王的口，意思是叫老王吃。老王这人实在，以为那家伙怕他没吃，叫他先吃。于是，老王用手势表达说，自己已经吃饱了。但那家伙还是不吃，他用手指了指老王的胸，然后用手指了指自己的胸。老王还是没弄明白那家伙到底想说些啥。

听说那家伙要走了，肖士杰也过来道别。虽然他与那家伙之间有过一些误会和恩恩怨怨，但最终那家伙还是用行动折服了桀骜不驯的肖士杰。

肖士杰拍了拍那家伙的肩膀说：“兄弟，以前多有误会，希望你不要往心里去。”

那家伙虽然听不见，但他知道肖士杰是一番好意，于是朝他伸出了大拇指。

肖士杰很感动，低着头，再次拍了拍那家伙的肩膀，什么话也没说了。

那家伙反常地不吃饭，这让老王感到十分惊奇与束手无措，他立即把这件事报告给了石承玉。

石承玉急忙过来做那家伙的思想工作。石承玉用手指了指西边，那是遇到那家伙的方向，然后又把队里为他准备好的银元和干粮给他。但那家伙拒绝接受，这一情况被马副队长言中了。

那家伙指了指石承玉，又做了一个拿筷子吃饭的姿势，接着又伸出大拇指。

石承玉心里明白，他想说，红军是好人，还给饭吃。

那家伙又指了指西边，然后伸出小指头。

石承玉想，可能这家伙是想说，家里不行，饭都吃不饱，还要受地主欺负，红军打土豪，救贫农，是为穷苦百姓翻身求解放的好部队。

同样出自农村贫困人家的石承玉看到那家伙表达的意思，顿时心中升起了一种同情感。但他又不得不忍痛让那家伙离开部队，毕竟这是部队，不是慈善机构，部队是要打仗，是要流血牺牲的。

这个夜晚对于那家伙来说，是个难眠之夜。夜已经深了，部队宿营地四处传来了呼噜声，不远处巡逻的哨兵在来回走动着，守候着这宁静的夜晚，但那家伙还没有任何睡意，他睁开双眼，看着黑洞洞的天空。想到即将离开这支部队，那家伙心事沉沉，这支部队不仅没有杀害他，还给他饭吃，并让他吃饱，还有戏看。其实，那家伙特喜欢看戏，后来，部队到了北京，只要礼堂看电影，或是有文艺汇演，他都会争着观看。想到这些，那家伙更是翻来覆去地睡不着。那家伙虽然不懂什么叫红军，什么叫国民党军，什么叫军阀，但谁对他好谁对他不好，他心里清楚得很。

马天皇上完哨回来，看到那家伙还在那儿翻来覆去睡不着，走了过去，拍了拍他的肩膀说：“睡吧，兄弟，天下哪有不散的筵席啊！”那家伙知道马天皇也是一番好意，比画了几下，“说”，夜深了，明天还要行军，赶紧回去睡觉。

宿营地鼾声如雷，那家伙内心十分矛盾。

这个夜晚对于石承玉来说，也是个难眠之夜。他在想，假如明天那家伙赖在这不走怎么办？怎么向大队交代……

第二天一大早部队就起床了，指战员们都忙着收拾东西，准备行军。石承玉把昨天晚上准备的银两和干粮再次递给那家伙，指了指西边，示意要他返乡。但那家伙就是不接，还不断地摇着头、摆着手。部队开始行军了，那家伙还是不肯离去，他也跟着部队朝前行进，还一边“嗷嗷”地叫着。石队长再次给他那些东西时，那家伙就朝他瞪眼。这让石承玉十分着急与为难。

中午的时候，部队宿营准备做午饭，那家伙来到炊事班老王的身边，抢老王手中的活儿干，他要担水，老王不让，他就用斧头劈柴烧火，老王实在不忍心，也就让他烧起火来。

俗话说，人非草木，孰能无情！

石承玉一看那家伙挺可怜的，又真是个聋哑人，便准备向大队汇报这一情况。石队长表面上汇报，实质上是为那家伙争取机会。

说干就干，趁部队宿营之机，石承玉跑步来到大队宿营地，喘着大气对吴烈说：“大队长，那家伙看红军不打他也不骂他，还有饭给他吃，不想走了，死活都要跟着我们红军干。他跟在我们后面走，我们总不能把他杀了啊！”

这一消息多少有点让吴烈感到意外，他笑着说：“看来，我们红军在群众中的信誉还是蛮好的，连聋哑人都能分出个好赖来。”

石承玉干脆地说：“我看，那家伙除了聋哑，身子骨还挺硬的，上次过雪山时他不仅背行军锅，还帮了我们部队不少战士呢！”

吴烈明白石承玉的心思，但那家伙毕竟是个天聋地哑的残疾人，要是一个健健康康的人，他也就批准他入伍了。但吴烈并非铁石心肠之人，他对石承玉说：“先把那家伙留下，我向邓局长汇报一下。”

晚上宿营的时候，吴烈来到了国家政治保卫局的宿营地。局长邓发、侦察部部长李克农、执行部部长王首道等几个局领导都在，他们正坐在由树枝和稻草铺垫的“床”上谈话。国家保卫局是直接保卫中央的领导机构，政治保卫大队就是他们的下属部队。

“报告！”吴烈敬了一个标准的军礼。

邓发一看是吴烈，招了招手，说：“小吴来了，进来，进来。”

吴烈大声答道：“是！”

“最近工作干得不错啊！对了，来这儿有什么事吗？”邓发拍了拍吴烈的肩膀说。

吴烈说：“三队的战士前几天在大渡河附近遇到一个老百姓，想找他当向导，但那人就是不说话，那几个战士看他不说话，就怀疑是奸细，于是把他带上了。但经过这些天的观察，我们发现，这人不像是奸细，而是个又聋又哑的人。本打算今天一大早让他回家，银元和干粮都给他准备好了，但他死活不回，非得要跟着我们走。”

几位领导一听，都笑了起来。

吴烈接着说：“他不想走，我们也没办法，所以才来向首长汇报，看怎么处理这件事。”

“这人的基本情况呢？”邓发抽了口烟问道。

吴烈说：“个子不高，一米六的样子，身材有点儿胖，黑黑的，又聋又哑，脸上还长满了麻子。”

几位领导相互看了看，都笑了。邓发说：“这形象可不怎么样啊！”

吴烈又说：“但这人身体结实，这几天一直背行军锅，也翻了雪山，是个干活儿的料，有些战士还不如他呢！”

“你们怎么打算的？”邓发问。

“还没有打算。”吴烈说。

“没打算，你倒是先夸起他来了。”邓发笑着说。

吴烈站在那里咧着嘴笑了起来。

“他参军的态度坚决不坚决呢？”邓发继续问。

“绝对坚决！”吴烈坚定地说。

邓发看了看李克农、王首道等人，接着说：“穆桂英挂帅时有个哑巴战士，红军怎么就不能有个哑巴呢，李部长、王部长，我看可以破格让这个同志入伍，再说现在红军也正是需要人手的时候，当不了战斗员，打不了仗，就让他在炊事班干点儿力所能及的事情也可以，比如背行军锅、烧火什么的。你们的意见呢？”

李克农、王首道都说：“特殊时期嘛，就应该有特殊、灵活的政策。”

随后，邓发对吴烈说：“小吴，你把丑话跟他说在前面，当红军是很苦的，没有钱，还要打仗干活儿，是会有流血牺牲的。”

“明白，首长。”吴烈一听兴奋得几乎跳了起来，年轻人好动的特点暴露无遗，“要不，就让他在三队炊事班干吧，行军时背行军锅，宿营做饭时帮着烧火。”

“可以！小吴，你回去后安排一下，找一套旧军装先让他穿上，建个档案，算是入伍了。”邓发说。

吴烈两脚一并，敬了个标准的军礼，说：“是，首长！我这就去办。”

吴烈没有回大队部宿营地，而是直奔三队宿营地。

当吴烈把局里领导的指示精神一传达，三队几乎炸开了锅，就像过年过节一样，充满着喜庆的气氛。特别是肖士杰、马天皇，还有炊事班的老王等人，更是拍手叫好，还没忘记夸局领导一番，说局领导办事有人情味。

吴烈对石承玉说：“你们连的那几个战士不是一直跟哑巴闹别扭吗？那家伙留下了就不要跟他闹矛盾了，以后他也是我们这个队伍中的一员了，也是正儿八经的红军战士了。”

“不会的，大队长。那家伙虽然又聋又哑，但很能分清好坏，骨子里还有一股傲气。大家都希望他留下呢！”石承玉说。

战士们把那家伙围了起来，十分亲热，与前几天刚把他带回来时又审问又折腾的场景形成了鲜明的比对。

吴烈说：“让司务长给他准备一套军装，不管什么样的都行，只要是军装，先穿上再说。另外，给他建个入伍档案。”

那家伙真没想到，今晚又是个不眠之夜。他把双眼睁得大大的，看着黑乎乎的夜晚，思索着。从此，他的命运彻底改变了；从此，他跟随着党中央开始了漫长而艰辛的革命道路。

第二天，那家伙重新背上了行军锅，跟着红军上路了。但那家伙并不满足肩上只背一个行军锅，他还把炊事班的担子抢了过来，肩上足足压了100多斤。

为了给那家伙建档案，可愁死了石承玉，因为他天聋地哑，又不识字，无法知道他的名字、籍贯、出生年月，更不要说填写家庭成员之类的项目了。为了尽量把档案填写得准确到位，石承玉让人到兄弟单位找了一位会哑语的干部过来。但那干部比画了几下后，下结论说，这人只会一些简单的手势，根本就不会哑语，无法知晓他的一些基本情况。

当时，每天都忙着行军打仗，没有太多工夫整这玩意儿，石承玉只得向政治保卫大队报了这样一份简单的档案：

姓名：哑巴。

出生年月：30 岁左右。

籍贯：四川一带。

入伍年月：1935 年 6 月。

部职别：国家政治保卫大队三队炊事班炊事员。

司务长不知从哪个角落里找来了一套破旧军装。穿上破旧军装的哑巴兴奋不已，他已经感到十分满足了。灰色粗布中山装，八角帽；缀布质红五星帽徽和红领章。哑巴左看看右看看，前摸摸后摸摸，感觉特别亲切，像是久别重逢的故人相见。随后，他又跑到石承玉面前，朝他伸出大拇指。哑巴在感谢石承玉。石承玉拍了拍哑巴的军装，伸出大拇指，然后比画着“说”，以后好好干，争取立功。哑巴笑了，即使他还不知道立功是啥东西。

## “看，哑巴背上的行军锅被炸烂了”

## ——哑巴是红军过草地时的一条硬汉

就在哑巴入伍的过程中，党中央和红四方面军的领导同志在两河口召开了政治局会议。会议决定：红军主力向北进攻，在运动中大量消灭敌人，首先取得甘肃南部，以创造川陕甘苏区根据地，争取中国西北各省的胜利，以至全国的胜利。但在两河口会议上，毛泽东与张国焘的北上与南下之争针锋相对。毛泽东要北进，要到川陕甘去。张国焘要南下，要到川康去。毛泽东的理由是：两军会合后，总兵力已经达到了 10 万，战斗力大大增强，北上陕甘不仅有力量保证，而且这里接近华北抗日前线，到这一带建立革命大本营，有助于打开新的局面，发挥共产党的政治作用。张国焘的理由是：川康一带边境地区地形险要，军阀的实力又薄弱，不能一致行动。蒋介石的嫡系部队似亦不能大量用在这个地区，因为地形险要，敌人飞机大炮的威力也不易发挥。四方面军的战士多出生于通南巴，对这一带的情形较为熟悉。同时，这是产大米的区域，生活习惯与南方人比较接近。第一方面军经长途远行，也可以利用这个地区暂时休养生息。两种理由都有它的合理性，但它们的不同之处就在于，北上是一个谋长远发展的计划，南下只是一个求暂时生存的计划。

哑巴背着行军锅跟随着保卫大队保卫着中央在红一军团后面，经大扳、黄草坪到木城，翻过第二座大雪山——梦笔山。接着到了卓克基，在这儿稍作休整后，又向黑水方向出发，经梭磨河、马塘、刷经寺、康貌，翻过了第三座大雪山——长扳山，进了黑山县境的芦花。随后，红军主力又继续翻过了第四座大雪山——打鼓山，于8月4日到达毛儿盖附近的沙窝。中央政治局在沙窝开了一个会议。保卫大队进行了严密的警卫，保证了会议的顺利进行和圆满完成。会议之后，红军主力于8月20日到达了毛儿盖。由于这里是个军事重镇，胡宗南调集了20多个团在这里布防。但由于胡宗南的主力部队还没有来，所以红军主力顺利地到达了毛儿盖，没有给红军造成什么麻烦。中央政治局在这里又召开了一个会议，筹划了过草地的计划，并在这里指挥着全军向草地进军。8月21日，保卫大队保卫着中央由毛儿盖开始向草地进发。红一军团在前，毛泽东、周恩来、刘少奇、叶剑英、王稼祥、张闻天、博古、邓发等其他领导同志和国家政治保卫局等机关，在红一军团后跟进，最后是红三军团担任后卫。

一路上，哑巴用自己的行动证实了：他很适合在炊事班当挑夫。哑巴不仅背着行军锅，肩上还担着100多斤重的担子，筐里放满了炊具和碗筷，不论是道路的艰难险阻，还是敌人的猛烈轰击，他都毫无畏惧。更让三队指战员们感动的是，哑巴不仅从未掉过队，而且十分乐于助人，本来他挑的东西就已经够多的了，他却不是帮那些身体瘦弱的战友背枪，就是在关键的时候扶战友一把。

一天下午，部队途经一座大山，行军速度突然慢了下来，原来这儿竹林茂密，野草丛生，有些地段路窄坡陡人多，需要踩倒小毛竹才能踏出一条路来。这样，队伍便不得不常常停下脚步，等前面的同志通过以后，再慢慢跟上。正在行军的三队突然发现一架敌机猛冲过来，石承玉立即下令：全连卧倒。从来没有见过这种场面的哑巴根本不知道危险就在眼前，对于敌机他也毫无察觉，加之他听不到战友的叫喊声，他依然背着行军锅、挑着沉重的担子艰难前进。以往，敌机总是转悠一阵才开始扫射或投弹，这次却好像发现了什么目标似的俯冲下来。接着，机翼下发出一串刺耳的尖啸声。

石承玉意识到敌机已经投下炸弹，忙大叫一声：“不好！哑巴！不好！哑巴！”由于哑巴一个人单独走出了一段距离，石承玉、肖士杰和马天皇等人正要纵身跃起扑倒哑巴时，敌机的炸弹已经“轰隆隆”响了。顿时，尘土腾空，弹片横飞，滚热的气浪掀起了层层烟雾，块块乱石，笼罩了指战员们的视线。一阵轰炸过后，敌机远去了，哑巴从烟尘和弹片乱石堆中站了起来。

石承玉等人急忙跑到哑巴身边，哑巴没有受伤，只是身上布满了泥土。

细心的肖士杰突然大声地说：“看，哑巴背上的行军锅被炸烂了。”

大家都凑过去看，哑巴背上的行军锅被弹片打了一个直径为五六厘米的窟窿，但哑巴却安然无恙，且毫无任何惧色。

石承玉对肖士杰说："看来当时让哑巴背行军锅是正确而明智的选择，今天要不是行军锅，哑巴可能就被炸死了。"

当时在场的指战员们，都过来拍着哑巴的肩膀，表示慰问。哑巴咧着嘴笑。

红军离开毛儿盖北行 40 里就进入了一片草地。哑巴抬头望去，草地茫茫无际，上面笼罩着浓雾；草丛里河沟交错，全是黑色的积水，散发着臭气；草地没有人烟，也没有道路；草地上是一片片草茎和烂泥潭；草地充满了艰难险阻。哑巴"嗷嗷"地叫着，他想说，这狗日的是什么地方。如此情况，对于保卫大队来说，任务相当繁重，他们不仅要保证自身安全，还要保证首长的绝对安全。

第一天，红军没有走多少路，还能找到一些柴草，煮点儿野菜麦粒吃，烤一烤被雨淋湿的上衣和在水草中行进时被弄湿的裤腿。但是进入草地中心后，困难加剧，天气一日多变，早上还浓雾弥漫，中午突然乌云翻滚，狂风大作，下起大雨来。夜晚，气温骤降，寒气逼人。保卫大队的指战员为了保证首长们的安全，把带的木棍插在地下，用绳子捆住被单，搭成棚子，把布单铺在地上，让首长们休息。

大队里的给养已经粒米全无，吴烈心里十分焦急。指战员们大都全身浮肿，脚被草地污水泡肿了，有的已经发炎溃烂。每迈一步，都万分艰难。不时有人一声不响地倒在草地的水洼里。每次夜晚宿营，都有许多战士躺在草地上，再也起不来。

肖士杰人高马大，平时饭量就挺大的，当缺乏食物后，短短的几天内，他的身体就垮了，全身浮肿，体力不支，背着枪支行军十分吃力。石承玉看着官兵们的身体一天不如一天，十分着急，但又没有什么更好的办法，他只有从精神上不断地给战士们鼓劲加油："坚持，同志们，坚持就是胜利！胜利的曙光就在前面！"

看着哑巴背着行军锅，仍旧坚实地行走在草地上，石承玉感到特别欣慰。

一天下午，天气阴沉沉的，整个草地都沉浸在一片迷迷蒙蒙的雨雾里。正当哑巴奋力向前行走的时候，突然看到肖士杰掉进了泥潭。泥潭是草地的撒手锏，是草地潜藏的神秘杀机，它不知夺去了多少名红军的生命。

"救命啊！我掉进泥潭啦！"肖士杰发出了紧急求救声。

听说班长掉进了泥潭，马天皇急匆匆地赶到了泥潭边。他急得不行，把枪一扔，就要跨过去拉肖士杰。这时，哑巴看到战友们都往泥潭边跑，他也背着行军锅一晃一晃地跑了过来。见马天皇要跨进泥潭，哑巴一把拉住马天皇的手，“嗷嗷”地叫了起来。

马天皇回头用疑惑的目光看了看哑巴，显然，他对哑巴的这一举动十分不理解。

这时，石承玉也赶了过来，他冲着马天皇说：“马天皇，别着急，得讲究方法，你看这烂泥，你自己都站不住，能把肖士杰拉上来吗？”

浑浊的泥水很快就漫过了肖士杰的腰部，他在里面挣扎着，但越是挣扎，身体越往下陷。

正当石承玉与马天皇急得不知如何是好时，哑巴比画着，要马天皇迅速帮他取下背上的行军锅，并把行军锅放到泥潭里，他站到行军锅里去拉肖士杰。

石承玉与马天皇很快就明白了哑巴的想法，他们立即帮哑巴取下了背上的行军锅。

哑巴虽然个矮，但手脚粗壮有力，他把行军锅往肖士杰陷入的泥潭旁一放，然后小心翼翼地站到行军锅内，伸手拽住肖士杰的胳膊。另一边，石队长和马天皇死死地拽着行军锅，并往岸边拉。

渐渐地，矮小的哑巴把人高马大的肖士杰拉出了泥潭。当肖士杰被拉到岸边时，岸上响起了一阵热烈的掌声。

向来刚强的肖士杰哭了，他趴在哑巴身上，泪水流到了哑巴的后背上。哑巴不停地拍着肖士杰的肩膀，既是安慰又是鼓励。

艰险过去了，还得继续行军。这就是残酷的现实。哑巴背上了行军锅后，抢过肖士杰的步枪。肖士杰虽然极不愿意，但他已经没有任何力气阻拦哑巴这样做了。在肖士杰心里，哑巴不再是一般意义上的战友了，曾经的矛盾与敌意成了一段美好的回忆。他怎么也不会想到，当时那个桀骜不驯的“奸细”竟然还成了自己的救命恩人。

与残酷无情的大自然经过六天的生死搏斗，中央红军终于走出了草地。中央红军胜利通过草地后，时局却发生了微妙的变化。一天，叶剑英参谋长发现了一份密电，得知张国焘准备带领部队南下，搞分裂活动，企图以武力威胁党中央。当时，叶剑英正在红军学校，情况十分紧急。邓发立即指示吴烈，迅速带小分队赶到红军学校，接叶剑英回毛泽东住地俄界。吴烈接到命令后，立即带领两个班，迅速赶到红军学校，接叶剑英安全地回到了毛泽东住地俄界。9月12日，中央政治局在俄界召开了一次紧急会议。主要讨论通过对张国焘搞分裂党的活动进行处理的决定和北上的任务及到达甘肃南部后的方针。党中央、中央军委立即率领红一方面军第一、第三军团，由俄界北上。红军沿着白龙江的源头进入了甘南境内。突破天险腊子口是进入甘南的关键一仗，突破了腊子口，蒋介石反动派企图挡住红军北上抗日的阴谋也就宣告破产了，党中央的正确路线就能胜利实现。如果突破不了，红军的境况将不堪设想。毛泽东果断决定：要不惜一切代价，拿下腊子口，继续北上。这一仗由红一军团来打的。他们在接受任务后，从莫牙寺出发，爬过卡郎山，在班藏五福附近和黑朵村，歼敌国民党鲁大昌十四师堵截红军的两个营。随后，急速向腊子口挺进。经过一场激战，又将鲁大昌驻守腊子口两个团的兵力打垮。9月17日，红军胜利地占领了天险腊子口。腊子口突破后，保卫大队保卫着中央领导和中央纵队赶到。过了腊子口后，进入甘肃南部。9月19日，保卫大队保卫着中央领导到达甘肃的哈达铺。这里是一个镇子，当时毛泽东住在镇上一家中药铺子里，中药铺子离司令部不远，穿过一条横街，拐个小弯就到。周恩来和司令部住在一起，那是一座比较低的木质结构的两层小楼。9月20日，毛泽东召集红一、三军团和中央纵队的团以上干部，在哈达铺一座关帝庙的院子里开了一个会议，吴烈参加了这个会议。会上，毛泽东说："为了适应革命斗争形势的需要，中央决定对部队进行改编，将红一、三军团和中央纵队改编为陕甘支队。由彭德怀同志任司令员，我兼任政治委员。"支队下辖三个纵队：红一军团改为第一纵队，红三军团改为第二纵队。中央军委纵队改为第三纵队，叶剑英同志任司令员，邓发同志任政委。全支队共有7000多人。10月19日中午，政治保卫大队保卫着以毛泽东为首的党中央穿过黄褐色的山谷——头道川，来到了地处陕西黄土高原心脏地带的一个尘土飞扬的小镇——吴起镇。至此，红军第一方面军从江西出发，走了二万五千里，结束了长征。

## 陕北张村驿：哑巴第一次与战友离别

不久，政治保卫大队从吴起镇来到张村驿。

冬日的陕北寒风呼啸，天空一直灰蒙；若有若无的雨丝落在脸上，给人冰凉的感觉。就是在这样的天气里，哑巴第一次经历了战友之间的离愁别绪。虽然哑巴从 6 月入伍到现在才半年时间，但在艰难困苦的特殊环境中，他却与战友们结下了深厚的难以割舍的战友情。

1935 年 12 月中旬的一天，政治保卫大队在陕北张村驿改编为红军前敌总指挥部特务营。原来大队长吴烈将由上级派去学习，由邱创成任营长兼政治委员。营下辖 4 个连队，哑巴原来所在的三队改为三连，他依然为炊事班炊事员，连长还是石承玉。

第二天，特务营的指战员们很早就起床了，他们太高兴了，因为长征胜利结束了，他们暂时结束了那种颠沛流离的生活；他们太伤心了，因为老领导吴烈要离开特务营了。

上午 8 点半，特务营全体集合，准备欢送老领导吴烈。指战员们静静地坐在会场，他们大都低着头，心情十分沉重。哑巴不知道为啥子又集合了，他开始以为又有节目看了，高兴得不行。

哑巴咧着嘴，炊事班的老王怎么看都不对劲，他知道，哑巴并不知道吴烈调走的事。

过了一会儿，吴烈与邱创成等领导走上了主席台。这时，老王向坐在身边的哑巴比画着“说”，吴烈大队长要调走了。

哑巴比画着“说”，为什么要调走?

老王比画着“说”，上级派他学习去。

本来带着笑容、咧着嘴的哑巴，情绪突然间来了个360度的大拐弯，他的脸沉了下来，并“嗷嗷”地叫了起来。

哑巴这一“嗷嗷”叫，立即吸引了全营指战员的目光。大家伙儿都知道，哑巴生气了。看着全营指战员把目光齐刷刷地投向哑巴，石承玉一时急得成了热锅上的蚂蚁。这是石承玉始料未及的。

石承玉正要发脾气，吴烈笑着走了过来。哑巴看到吴烈笑着走了过来，立即迎了上去。哑巴拉着吴烈的手，示意不让他走。顿时，全营指战员都明白了哑巴的一番心事，并报以热烈的掌声。

年轻的吴烈扬了扬手，示意要大家安静。他一边拉着哑巴的手，一边站在队伍中说了起来:“同志们，我就要离开特务营了，我也不想离开啊，毕竟我在这里工作五六年了，大部分同志都是一同从井冈山走来的，我也舍不得啊!但我们必须服从组织分配，哪儿需要我们，我们就应该往哪儿去。哑巴同志虽然不能用语言表达自己的心思，但他的一番好意我心里明白，他是不想让我走……”

下午，吴烈向前来送别的同志一一握手告别。

西北极其荒凉，漫山遍野光秃秃的，除了山还是山。天也渐渐阴暗下来，听说今天下午有小雨。在西北的冬天，要下一场雨是不容易的，但今天却要下了，似乎是为了附和特务营指战员们的心事。

欢送吴烈的队伍排成两队，中间留着一条长长的过道，一直通向山顶。战士们都扛着步枪，吴烈一个一个地与他们握手。

一个个标准忠诚的军礼，一句句真诚的祝福。

当吴烈与肖士杰握手时，肖士杰激动地说:“大队长，感谢你临走之前帮了我一个大忙，我这一辈子也不会忘记。”

吴烈拍了拍肖士杰的肩膀说:“肖班长，你的心情我理解，你是个重情重义的人。哑巴毕竟是个聋哑人，工作和生活上都有不方便的地方，以后你要多多照顾他。拜托了，兄弟。”原来，政治保卫大队改编为特务营的时候，各队之间都有些调整，肖士杰本来分到一连当一班长，但他舍不得石承玉与哑巴，于是找到了吴烈，吴烈跟邱创成打了招呼，肖士杰才留在了三连。

哑巴是挑着水桶来送吴烈的，他“嗷嗷”地叫着，脸上的表情特别沉重。

哑巴放下水桶，伸出大拇指，“嘱咐”吴烈，不管到哪里都要好好干。

吴烈拍了拍哑巴的肩膀，伸出了大拇指。

## 来到革命圣地延安

到达陕北后，部队相对稳定，哑巴的工作干得更有劲儿了，他如同鱼儿找到了活水，除了行军时背行军锅外，还负责挑水、烧火、喂马等多项工作，这都是他的强项，炊事班那些杂七杂八的事他都抢着干。哑巴成为三连炊事班的主力之一。他腿脚麻利，人又勤快，一天到晚都没见他闲过。战士们需要这样一位老黄牛一样的老大哥，战士们也喜欢这位老黄牛一样的老大哥。

这时，民族存亡形势更加严峻了。日本侵略者在“华北特殊化”的口号下一步一步地变华北为其独占的殖民地。然而，国民党当局在日本侵略者的步步紧逼下反而采取了步步退让的政策，目的是“先安内，再攘外”。根据形势，1936年3月11日，红军东征，特务营跟随毛泽东和红军前敌总指挥部到达山西省，分散担负着中央的警卫任务。三连担负保卫兵站、仓库和维持社会秩序的任务。5月，特务营随毛泽东和前总由山西省回到陕北，在陕北延川交口镇，与独立团合并组建为特务团。特务营改编为该团第1营，谢国文任营长、严雄任政治委员，各连人员基本上都没有动，哑巴、肖士杰与石承玉还是在三连，老营长邱创成升了，当上了特务团政委。1937年1月，党中央及领导人进驻延安。这是具有深刻历史意义时刻的开始。3月，特务团奉中央和彭德怀同志的命令，调第1营到延安保卫党中央和毛泽东。4月16日，在营长谢国文、政治委员严雄的率领下，由云阳镇出发，到4月23日上午9时到达延安。

延安是个神奇的地方，也是个神圣的地方。正是这个穷乡僻壤的黄土地，红军长征后留下的仅仅3万精英在这里生根发芽，发展为拥有19个解放区，总面积达 95 万平方公里，人口 9550 余万，正规军 91 万，民兵 220 万的庞大家业；中国共产党也成为一个安定团结、统一、成熟，拥有 120 万党员的大党，并有了一个才华横溢、叱咤风云的领袖群体。他们在这片贫瘠的黄土地上演出一幕幕精彩纷呈、威武雄壮的历史活剧，赢得了人民的衷心拥护，由此走向全国、走向世界、走向辉煌。

根据上级指示，部队到达延安后立即举行军人大会。9 时 45 分的时候，全营都在城内钟鼓楼西面操场上坐好了。

谢国文说："同志们，今天是一个特殊的日子，咱们营不仅要改编为中央军委警卫营，朱总司令还要亲自来宣布命令。"

谢国文说完，会场响起了热烈的掌声。

看着战友们都在鼓掌，哑巴也跟着使劲地鼓起掌来，脸上挂着笑容。肖士杰看了哑巴一眼，哑巴朝他伸出了大拇指，肖士杰也伸出了大拇指。这种幸福之情只有亲历者才能深深体会。

朱总司令 10 时整准时到达会场。谢国文带头鼓起掌来，会场顿时响起了热烈的掌声。

随后，朱德总司令宣布："我宣布，独立团第 1 营改编为中央军委警卫营。"

会场再次响起了热烈的掌声。

接着，朱总司令说："同志们，我们中央军委警卫营的任务是保卫党中央和毛主席，同志们啊，这个任务是重大的是光荣的。现在延安刚解放不久，附近的土匪很多，反革命分子的活动很猖狂，必须警惕地、认真负责地保卫党中央和毛主席，保证中央的安全……"

朱总司令在台上讲，哑巴不断地在下面伸大拇指。他那种自豪感自然不言而喻。

第二天，中央军委警卫营召开了布置会议，各连主官参加了这个会议。根据安排：三连奉命于延长凉水崖守卫黄河关口，保卫仓库和粮食，设固定哨位 12 个。哑巴背着行军锅跟着三连来到黄河关口。

1937 年 5 月的一天，正在挑水的哑巴看到营部警卫排的战士贺福祥来送信，立即向他伸出了大拇指。贺福祥不好意思地笑了笑，也向哑巴伸出了大拇指。哑巴朝他瞪了一眼，然后指了指自己，伸出小手指。

原来贺福祥勇救周恩来的故事已经传到了三连。贺福祥 1914 年出生于陕西省清涧县，1933 年 7 月参加中国工农红军，1934 年 1 月加入中国共产党。早在 1935 年给中央军委特务连当通信员期间，他便以中央领导人的安危为己任，尽心尽力，尽职尽责，组织上放心，领导满意，被誉为“党的忠诚卫士”。就在前几天，警卫排乘坐汽车在护送周恩来副主席去西安的路上遇到土匪，他冒着枪林弹雨，保卫周恩来安全地返回延安。

哑巴比画着，叫贺福祥在三连吃完饭再走，并“说”，你现在是营里的英雄了。

贺福祥比画着“说”，文件还没有送完，怕耽误事，还不能吃饭，下次有机会再吃吧。

哑巴朝贺福祥伸出大拇指，夸他好样的。

没多久，全面抗日战争爆发了，日本帝国主义的飞机不断地轰炸延安。据中央情报部门通报：有些国民党的特务和日寇的间谍也混入了边区，进行破坏活动。另一方面，中央首长由延安到国民党统治区的往返次数大大增加了。营长谢国文、政治委员严雄意识到了，必须加强住地、护送和防空的警戒。经过充分考虑以及报请上级，1937 年 11 月，从黄河边上调回三连，由其担负蓝家坪中共中央书记处的警卫任务，保卫刘少奇、陈云、张闻天、王首道等首长，共设内、外层及山头瞭望哨 11 个。

水是生命之源，但黄土高原却是个极度缺水的地方。指战员们不仅要进行战事，还要进行土工作业、农业大生产，喝的、洗脸的、洗脚的水用得相当多，加上部队都是驻在半山坡的窑洞里，要保障一个连队百来号人的用水，谈何容易。

在住在蓝家坪的中央首长的印象里，那个黑黑的、矮个子战士一天到晚就没有停止过挑水。他在家善于翻山越岭的本事在这里得到了淋漓尽致的发挥。这些，被爱散步、善于观察生活细节的王首道看在眼里，他已经观察哑巴一段时间了。

一天，王首道把石承玉叫了过去，问：“石连长，那个挑水的老兵叫什么名字？工作蛮认真的。”

“报告首长，他叫哑巴。”石承玉说。

“怎么会叫哑巴呢？没有姓名吗？”王首道不解地问道。

“没有，由于他是个哑巴，又不懂哑语，所以没办法知道他到底姓什么。”

石承玉说。

“哦！那他是怎么入伍的？”王首道问。

“是我们在四川大渡河一带带上的。”石承玉说。

王首道想起了那次邓发局长特批一聋哑战士入伍的情景，笑了笑说：“是不是那个又聋又哑的同志啊！”

“正是。首长认识他啊！”石承玉说。

“算是认识吧！”王首道笑着说。

石承玉不解地看着王首道。

“那次邓局长特批他入伍的时候，我也在场。”王首道接着说。

“那我代哑巴谢谢首长了。”石承玉说。

“哑巴同志工作干得怎么样？”王首道醉翁之意不在酒地问。

“工作没得说，简直就像头老黄牛，从早到晚就没闲过。”石承玉说。

“是个好同志啊！他是聋哑人，该特殊照顾他的时候就要特殊照顾。”王首道说。

“是，首长。”石承玉说。

随后，王首道走到哑巴面前，朝他伸了伸大拇指。哑巴十分高兴，立即把水桶放下，指了指自己，伸出个小拇指。

王首道摆了摆手，表现出不满意的表情，再伸出大拇指。

哑巴朝王首道伸出大拇指。

王首道看着哑巴远去的背影，自言自语地说：“真是天生我材必有用，英雄有了用武之地啊！”

中央首长们虽然平时嘴上不说，但都知道有个哑巴红军，工作勤勤恳恳，任劳任怨，勤俭节约，只是有点儿脾气。

## 痛别石连长

为了加强防空警戒，1937 年 12 月，由延安保卫营调来防空队员 80 名，将机枪排扩充为防空队，有苏式马克沁重机枪 6 挺，分布于杨家岭、蓝家坪、清凉山、宝塔山等山头上，一面对空瞭望，发出防空警报，使首长和居民及时隐蔽，一面开展对空射击。

哑巴从早到晚地从山沟往山坡挑水，是一个容易暴露的目标，加之他听不见，即使飞机发出轰隆隆的响声，他也毫无察觉，所以哑巴处于十分危险的境地。为此，副营长伍德安还专门“交代”哑巴：要是看到天上有飞机过来，就往洞穴或是山坡处跑，卧倒在那儿，等飞机走了，再爬起来。

1938 年 8 月中旬的一天，防空部队接到情报：敌机可能会来偷袭蓝家坪。中央军委警卫营的指战员们都隐蔽起来了。中午时分，天空由远而近地响起了敌机的轰隆声。防空队员和警卫部队作好了战斗准备，此时只有哑巴还在满头大汗地挑着满桶的水往山坡上艰难行走。战友们喊，哑巴听不见，他依然在山坡上行走。

敌机冲着哑巴飞去。石承玉急得满头大汗，他心急如焚地用手砸着身边的泥土。哑巴越来越危险了，石承玉实在忍耐不住了，突然，他不顾自己暴露的危险，跑出隐蔽地，朝着哑巴做了飞机飞翔的动作，然后指了指天空。哑巴一看天空，几架敌机正猖狂地朝他飞来。哑巴把水桶往地上一放，迅速跑到附近的一个洞穴边趴下。

敌机的炸弹投了下来，哑巴所趴的洞穴被炸得黄土纷飞，哑巴倒在血泊之中。

同时，敌人也发现了石承玉的行踪，他们掉转机头又朝石承玉飞去，炸弹在石承玉身边炸响，石承玉也倒在了血泊之中。

由于防空队员的猛烈射击，敌机坚持不住，纷纷逃跑了。

一切安静下来后，哑巴拍了拍身上的土，发现自己的右大腿鲜血直流。这时，哑巴想起了连长，他爬起来，顾不了自己的伤痛，一瘸一拐大声"嗷嗷"地朝石承玉卧倒的方向跑去。

石承玉没有再起来，他静静地躺在那儿，已经血肉模糊。哑巴抱着石承玉，大声"嗷嗷"地叫着。坚强与桀骜不驯的哑巴，顿时泪流满面。

哑巴虽然是个聋哑人，大字不识，但知遇之恩他是懂的，他是个懂事的哑巴，也是个讲道义的哑巴。他忘不了 3 年前遇到石承玉并被收留的那一幕。哑巴知道，石承玉家里还有老母亲，还有婆娘孩子。哑巴抱着石承玉的尸体颤抖着，很长时间内不许其他人靠近，谁靠近他就跟谁急。哑巴不是敌我不分，也不是糊涂，他是太感激石承玉了。是石承玉救了他的命啊！虽然他不能用语言表达出来，但他的面部表情和肢体动作，已经表明了一切！

哑巴又看了看远去的敌机，放下石承玉，从地上捡起一块石子，愤怒地朝敌机逃跑的方向扔去。

在这次敌机的轰炸中，哑巴的大腿被炸伤，缝了二三十针，并且留下了永恒的伤痕。好长一段时间内，哑巴的情绪都稳定不下来，稍不顺心就大发脾气。大家都理解哑巴的心情，石承玉对他情深义重，再说他自己也是个闲不住的人，一天到晚得做事，停下来就不自在，他受伤了，连队叫他休息，他哪能闲得住。战友们都理解他的心情，没有谁与他计较，他一年三百六十五天的为连队挑水，谁还会说他什么呢。

没多久，由于要联合抗日，红军改编为八路军，上级要求把红军原来头上一直顶着的八角帽和缀着的布质红五星帽徽都换下，改戴有青天白日帽徽的帽子，编为国民革命军第十八集团军。大家伙儿都对换帽子，特别是换掉帽徽想不通。这种情绪，肖士杰表现得尤为突出，他骂道："他娘的，搞什么名堂，穿戴得好好的，换什么青天白日帽，我不戴。"营领导连忙给战士们做思想工作，告诉大伙：军队的名称改了，但是它的性质没有变，仍然是共产党领导的人民军队，我们这个军队就是为了巩固抗日统一战线，为全中国人民的彻底解放而战斗的！

哑巴看到新服装来了，于是悄悄地把八角帽和缀着的布质红五星帽徽，以及红领章换下来，轻轻地放进自己那个贴身的布口袋。他用手抚摸着五角星帽徽，恋恋不舍。这个布口袋是啥时候跟着哑巴的，谁也说不清，有人说，可能是哑巴在家的时候就有了，有人说，可能是哑巴在长征路上亲自缝的。反正，哑巴把那布口袋看得挺神秘的。

经过一番教育后，指战员们才渐渐地接受了更换红军服装这件事。

9 月初，由于日寇不断轰炸延安，中央决定让毛泽东等人由城内搬到杨家岭。为了解决毛泽东等首长的住房问题，便于警卫和首长办公，中央军委警卫营准备抽调部分指战员在杨家岭为首长打窑洞和防空洞。

一天，副营长伍德安带着一百来号指战员，背着工具，正整队准备向杨家岭出发。哑巴急匆匆地跑了过来，他抢过伍德安手中的铁锹，做了几个挖土的动作。伍德安明白哑巴的意思，他也要跟随部队去打窑洞和防空洞。

伍德安知道，哑巴是个干体力活的好把式，但大腿上的伤还没好，肯定不能让他参加。不让哑巴参加这次任务，唯一的办法就是采取强制措施，否则他就会赖在这里没完。伍德安拍了拍哑巴的右大腿处，摆了摆手。哑巴却拍了拍自己的右大腿，然后当场跑了一圈，并跳了几下，示意他完全康复了。但伍德安还是不让，他示意身边的两个兵，把哑巴拉住。

哑巴朝伍德安伸了伸小指头，然后毫不客气地朝伍德安吐了一口口水。

伍德安很尴尬地擦了擦脸上的口水，笑着说："这家伙，老毛病又犯了。"

看着队伍出发了，哑巴在那里"嗷嗷"叫个不停。

战友们都去干活了，哑巴吃不香也睡不着。

经过 10 天的辛苦劳动，中央军委警卫营在杨家岭为中央首长打窑洞和防空洞 20 余孔，回来的时候，还带着毛泽东送给警卫营的两头肥猪。

这天战友们都非常高兴，因为晚上要进行大会餐，但哑巴却笑不起来，看到伍德安，他还瞪眼，满脸的不高兴。伍德安笑了笑说："你这家伙，小心眼，还在生我的气呢。"

这天晚上，营部，六个连队，还有机枪排，家家都开了荤。指战员们吃着用自己劳动换来的猪肉，心里也特别高兴，吃得津津有味。但这一顿哑巴却光吃米饭，不吃猪肉。有些新战士感到奇怪，问炊事班班长老王，哑巴为何不吃猪肉。他的心事，老王最清楚，对新战士说：“这个老家伙犟着呢，但是很有骨气。”

## “你就是我的大哥哥！”

## ——哑巴被张思德称作大哥哥

1939年春天，延安大地。

山间的冰凌，化作清泉，叮咚、叮咚唱着欢歌，汇入延河；花儿开满了整个山坡。延安大地充满了生机与活力。此时，到处都可以看到佩戴“八路军”袖章和胸徽的八路军战士。他们来自四面八方、天南海北，为了一个共同的革命目标，走到了一起。

一个风和日丽的上午，中央军委警卫营分来了一批新兵。分到三连的是十几个精神饱满的陕北小伙，后来成为师长的郭光金就是这时来到中央军委警卫营的。郭光金这小伙长得五官端正，挺精神，个头虽然不算高，但挺壮实，给人的感觉也是憨厚、实在、帅气。看着郭光金这壮实大小伙，哑巴笑得合不拢嘴，把他从前看到后，从上看到下，又是拍肩膀又是伸大拇指的，就好像欣赏连队的马一样。郭光金不知道这个比连长、指导员还要老的老家伙到底想要干什么，显得有些紧张。这时，炊事班班长老王过来了，他对郭光金说：“不要紧张，这是咱们炊事班的哑巴老班长，主要负责担水，是个聋哑人，但人挺好的，以后你们跟他接触多了就会知道的。”

后来，跟哑巴熟了，有些新兵就喜欢逗他玩。哑巴很能分清好坏，有的战士调皮，画个大圆圈，吐口水再踹一脚，逗他，哑巴就把水桶扔了要拿扁担揍他们。

那时，哑巴与营部通信排的四川老乡张思德关系特别好，他只要见到张思德就伸出大拇指，夸他好。张思德是个出了名的好人，对革命一片忠诚，对战友一片忠心，对哑巴更是特别关照，只要有空，就帮他挑水什么的。

一个冬天的早晨，张思德起床推开窑门，看到哑巴正挑水上山，可能是由于昨天晚上下了一场雨的缘故，路太滑，特别是山路就更难走了，哑巴迈步很费力气。张思德赶了过去，硬是从哑巴的肩上夺过担子，帮他挑回炊事班。哑巴进了伙房，抱起一捆狼牙刺儿，放到空地上，抓过他从老家带来的那把斧头，对着狼牙刺儿猛力剁成碎段，放进灶洞里烧火。哑巴在抱柴和劈柴时，张思德发现他的腿脚有点不灵便，便搬过一个榆木疙瘩，把哑巴扶过来让他坐在上面，然后张思德弯腰给他脱下鞋子。哑巴的脚裂了好几道口子，都渗着血。张思德打着手势示意，我给你洗洗脚，再抹一点药？哑巴摇摇头，意思说，使不得！张思德向他摆了摆手，意思说，没关系。张思德叫老王端来一盆热水，将哑巴的脚放进去，搓揉几遍，用盐水冲洗干净，再用干毛巾擦干，向他使使眼色，还痛吗？哑巴摇了摇头。然后，哑巴又用表情和手势对张思德“说”，我也是受过苦的人，红军让我当了兵，给我饭吃、衣穿，还很照顾我，我十分感谢，干活再累，心里高兴。张思德也对他“说”，我和你就像亲兄弟，有什么困难，尽管“说”啊！哑巴伸出大拇指，指指自己，又换成小指头，指指张思德的眼“说”，你真像我的小弟弟！张思德也伸出大拇指朝他晃了晃“说”，你就是我的大哥哥！哑巴“听”了，点了点头，咧咧嘴开心地笑了。

第二天，张思德外出送信时，经过一个村子，他就向老乡打听能愈合皲裂的偏方。一位老大爷告诉他：“把土豆捣成糊糊，往裂口上涂几次就好啦！”张思德得了这个偏方，如获至宝，一回来就给哑巴用土豆糊糊抹伤口，连抹了几个晚上，哑巴脚上的裂伤果然见好，感动得哑巴“哇哇”直哭。

伙房没有柴棚，刮风下雨时做饭很不方便。有时吹倒风，柴烟呛得哑巴和炊事班的同志们直流泪。张思德建议三连炊事班，利用空余时间到山上砍些树枝，在灶房前搭个棚子。

一天傍晚，张思德带着他们班几个战士扛着砍来的椽子，来到三连灶房前，挖坑栽桩，很快就搭起了一个结结实实遮风挡雨的棚子，三连炊事班的同志乐得在棚里直蹦。哑巴“嗷嗷”地叫着，向张思德伸出大拇指。

每天早上，战士们起来出操之前，哑巴已起来挑水、扫地、淘米做饭，甚至把马都喂饱了；晚上，战士们按时睡觉了，他还在磨豆子，做豆浆，尽量改善战士们的伙食。战士外出值勤，他总是很有心地把饭菜搁在锅里热着，战士们无论什么时候回来，都能立马吃上热乎乎的饭菜。

1939年冬至1940年春，国民党反动派发动了第一次反共高潮，向边区举行武装进攻。在边区军民粉碎国民党的进攻中，中央军委警卫营奉命抽三、四连各一部，到甘泉构筑工事，布置边防警戒，防止洛川国民党军队的进攻。这次，伍德安没有把哑巴落下，因为哑巴早就把工具抢在手里，坐在营部门口等着了。

## 南泥湾的出色挑夫

抗日战争进入相持阶段后，八路军与敌人打起了消耗战，加之国民党中的顽固势力积极奉行反共政策，调动几十万大军，对陕甘宁边区实行军事包围和经济封锁，给根据地军民造成了极大的困难。正如毛泽东所说：“我们曾经弄到几乎没有衣穿，没有油吃，没有纸，没有菜，战士没有鞋袜，工作人员在冬天没有被盖的地步，国民党用停发经费和经济封锁来对待我们，企图把我们困死，我们的困难真是大极了。”就是在这样严峻的形势下，根据地军民用自己顽强的意志，将以生产自救为目的的大生产运动推向了高潮。

南泥湾，位于延安城东南45公里处。1941年春，八路军120师359旅奉命进驻南泥湾，实行屯垦，开发出万亩良田，把荒无人烟的南泥湾变成了“陕北江南”，成为大生产运动中的典范区。开展大生产运动遇到的困难是难以想象的。官兵们没有房子住，只好用树枝搭起草棚临时居住（因为漏风、漏雨、漏光，战士们风趣地称之为“三漏”茅屋，把自己则比作了身居茅屋中的诸葛亮）。为改变当时的状况，战士们边开荒、边抽出部分人突击打窑洞。打窑洞的战士天还没亮就钻到泥土飞扬的环境里工作，收工时汗水和泥土沾满全身，根本辨不清相貌。在大生产运动初期，粮食不够吃。各部队干部亲自带头冒风雪，破冰涉水到远离驻地的县城背运粮食；没有油盐酱醋，设法打柴烧炭，再运到延安等地换回所需；没有菜和肉，战士们拾山货、挖野菜、找树皮、收野鸡蛋，或扛枪打猎、下河摸鱼。当时野蒜、苦菜、野芹菜成了他们最好的食品。要是能吃到河里的鱼鳖，山上的野猪、野羊、野兔，会高兴好几天。战士们自造农具，几乎全部是靠人力拉犁开荒。他们不但没有叫苦，反而整日喊着嘹亮的号子坚持劳动。因为他们明白，保全、壮大自己的力量是对日军侵略行为最有效的遏制方式。

1941年7月初，一个消息在中央军委警卫营传开了：警卫营也要抽部分人员到南泥湾进行开荒和打窑洞。已经成为一班班长的陕北小伙郭光金急匆匆地跑来把从营部获知的这一消息，首先比画着告诉了哑巴。哑巴咧着嘴笑了起来，向郭光金伸出了大拇指，表示感谢。

哑巴怕去南泥湾没他的份，立即到营部找伍德安去了。不过这次去南泥湾，伍德安早就把哑巴放在了首要位置，因为他知道那里任务重，整天劳动，用水多，若是没有身强力壮的人挑水，战士们的生活用水就没法保障。

伍德安朝哑巴伸出大拇指，然后拍了拍他的肩，比画着"说"，咱们一起去。哑巴朝伍德安伸出了大拇指，比画着"说"，要不让我去，就揍你。

哑巴高兴地回连队后，就开始准备起来。他准备了一个包袱，包袱里放着一双新鞋、换洗的衣裤，当然少不了他那个宝贝疙瘩似的布口袋。那双胶鞋还是4年前，部队刚到陕北时发的，哑巴舍不得穿，宁愿穿草鞋，而让新胶鞋躲在包里睡大觉。

几天后，中央军委警卫营6个连队六七百人，响应毛主席"自己动手，丰衣足食"的伟大号召，开往南泥湾开荒。与此同行的还有一个特殊的群体，那就是中央军委警卫营卫生所的同志，他们中大部分为女同志。

来到南泥湾，展现在战士们面前的是遍地的荆棘、沙棘，满山的野草、梢林，多年的朽木枯枝铺满了沟沟壑壑。没有住处，没有粮食，没有工具，特别是水源离住处更远了，这给哑巴他们增添了困难。

摆在战士们眼前的是一张白纸，他们要在这一张白纸上描绘出最美好的图画。

哑巴与战友们一齐动手用树枝搭起一个个三角棚，用野梢绑成扫帚，再把棚里打扫得干干净净。哑巴又到山坡上割来"黄金草"，铺在地上当床垫，既防潮又保暖。伍德安朝哑巴伸出了大拇指。

中央军委警卫营指战员到南泥湾的第二天早上，伍德安接到上级的通知，说今天上午先不劳动，朱总司令要来作动员。听说朱总司令要来作动员，指战员们更高兴了。

约9点的时候，朱总司令来了，他面带着微笑，向指战员们招手。

朱总司令说："让同志们久等了，对不住啊。现在国民党封锁边区，他们想置我们于死地啊，我们能任由他们摆布吗，他们要封锁，我们就不能搞生产自救、丰衣足食吗？这对于我们的国家我们的军队都是有着深远意义的。同志们，我们要发扬我军的优良传统，不怕苦不怕累，将荒地变成良田，好好生产，多打粮食……"

下午，伍德安又把参加开荒的指战员临时分成三个小队，哑巴分在了炊事班。当伍德安比画着，不要哑巴参加开荒，要他在炊事班挑水时，哑巴朝着伍德安瞪了一眼，并毫不留情地朝伍德安吐了一口口水。伍德安知道，哑巴到南泥湾就是冲着到第一线开荒来的，可挑水的任务比开荒更重啊！伍德安要向哑巴表达清楚，在南泥湾，挑水比开荒的任务还重，还重要。但无论伍德安怎么比画，哑巴就是不听，冲着伍德安直发火。伍德安只好发动平常跟哑巴关系不错的战士来做他的思想工作。

郭光金与哑巴关系不错，他耐心地对哑巴比画着。好不容易，哑巴才勉强接受了这个分配。但哑巴却提出一个要求，要郭光金收下那双鞋。哑巴比画着告诉郭光金，反正自己上不了第一线，也不配穿新鞋。郭光金哪能要哑巴的鞋，哑巴挑水的工作比在第一线开荒还重要，他最需要新鞋。但哑巴比画着表示，要是郭光金不收下鞋子，他就要去开荒。郭光金只好收下鞋子。拿着哑巴存放了几年的鞋子，郭光金心里很不是滋味。

随后，伍德安也对全营的指战员进行了动员："同志们，目前边区与外界的交通切断了，反动派对进入边区的行人严加搜查，连马鞍下垫的一点棉花，饮牲口用的帆布水桶也要没收。他们的最终目的，就是把我们消灭掉。同志们呀，形势是十分严峻的。毛主席早就指出，是饿死呢？解放呢？还是自己动手找活路呢？饿死是没有一个人赞成的，解散也是没有一个人赞成的，还是自己动手吧——这就是我们的回答，也只有这一个回答。你们现在的行动，就是对毛主席号召的最好响应，也是对国民党反动派的经济封锁的最有力的回击！在这关键时刻，我们一定要咬紧牙关，多开荒，多种地，多打粮……"

有的战士激动地站了起来，挥动着拳头：

"顽固派们，你们封锁吧，你们可以把粮食、棉花封锁住，但封锁不住我们这双手！"

“干，干，干，大生产，多种棉花、多打粮，气死这帮野心狼！”

……

要长期立足搞生产，必须有稳固的住地。当务之急就是打窑洞。南泥湾的气温比延安低得多，时值秋天，还经常下雨，伍德安决定先突击打窑洞，然后再开荒。

在南泥湾的这段日子，哑巴每天一大早就起来挑水，一直挑到战友们收工，他还在挑。从驻地到水源处有几里路远，并且都是在山坡上行走。每当开饭的时候，哑巴又给开荒的战友们送饭。

在南泥湾开荒，指战员们士气高昂，呈现出一派勃勃生机。在这里几乎没有男女之分，都全身心地投入开荒运动之中。中央军委警卫营机关卫生所的女同志不仅要搞好医疗保障，还要自给自足地搞好后勤保障。

军委警卫营机关卫生所由小刘和小王两位年轻的女护士负责挑水。在这种热火朝天的大开荒的背景之下，爱漂亮、讲卫生的小刘和小王也顾不了那么多，她们豁出去大干起来，也是从几里路远的山沟里挑水到山坡来。

小刘和小王遇到哑巴，哑巴总要和她们“嗷嗷”地打招呼。小刘和小王两个姑娘胆子特别小，看哑巴是个聋哑人，并且又矮又黑又胖，开始的时候，她们害怕见到哑巴。每次见到哑巴，就会尖叫着跑开。哑巴总是用疑惑的目光看着像兔子一样逃跑的两个女娃儿。或许他在想，是不是她们看到什么怪物受到刺激了。

见面的次数多了，小刘和小王也明白了，哑巴“嗷嗷”叫，那是在向她们打招呼，不是发什么威，更没有什么坏主意。于是，小刘和小王也开始主动和哑巴打招呼了。哑巴也不傻，看着小刘和小王挑着水向前走，也向她们伸出了大拇指。小刘和小王各自挑着两小桶水，一边快步向前走，一边传来嘿嘿嘿的笑声。

后来，哑巴看着两个女娃儿挑着水挺难的，“嗷嗷”地要求帮她们挑。小刘和小王开始不同意，但哑巴硬是把几大桶水挑进了卫生所的水缸里。小刘和小王高兴得不得了，她们发现，她们两人挑一趟水，还不如哑巴一人挑得多。哑巴的水桶是小刘和小王她们水桶的两个那么大。

有足够多的理由证明，哑巴在家的时候绝对是个干农活的好把式。每次送饭的时候，哑巴把热气腾腾的饭菜端到战友们面前后，他就会趁战友们吃饭的工夫，悄悄跑到地里，抡起镢头刨起地来，过把开荒瘾。

1942 年 7 月的一天，天气十分炎热，哑巴脖子上挂着一条又黑又破的毛巾，正从山沟里往山上的部队驻地挑水。由于整天不停地挑水，哑巴那双本来就烂得不能再烂的胶鞋底被磨穿了。哑巴一着急，干脆把破烂的胶鞋脱下来，向山沟里一甩，由于哑巴劲大，鞋被甩得远远的，看不到踪影。哑巴干脆光着脚丫子挑水，虽然地面温度很高，甚至有些烫脚板，但也不能把哑巴那厚实的脚板怎么样，他依旧如故地挑着水，在山坡上行走。

当哑巴光着脚丫子挑着水经过一条公路时，突然一辆黑色小卧车在他的面前停了下来，走下一个熟悉的身影。哑巴定眼一看，是朱总司令。虽然哑巴听不到声音也不懂哑语，他不知道朱总司令姓名，但他知道他是大首长，是八路军的头。

哑巴把水桶一放，跑了过去，紧紧地握着朱德的手。

但朱总司令的目光却死死地盯着哑巴那光着的脚丫子。

接到哨兵的通报后，伍德安急匆匆地跑了过来。伍德安立正，并敬了个标准的军礼，然后气喘吁吁地说："首长好！"

朱德说："你营长是干什么吃的？"

伍德安感到气氛不对，但不知道发生了什么事情。朱总司令的脸上乌云密布。

伍德安以为是哑巴闯祸了，把愤怒的目光移到了哑巴身上。接着，伍德安对朱德说："首长，这就是我们营的哑巴同志，他又聋又哑，不懂规矩，做错了什么，请首长批评指正。"

朱德生气了，愤怒地说："你才不懂规矩呢。哑巴的情况我多少晓得一些。你这个副营长到底是怎么当的？"

伍德安一下子蒙了，不知道到底发生了什么事，让朱总司令如此大发脾气。他只得老老实实站在那里等待着朱总司令的批评。

这时，朱德的秘书在一边朝伍德安使了个眼色。伍德安朝哑巴的脚看去，心里明白了七八分。

伍德安立即对朱德说："首长，我们立即给哑巴发新鞋。"

朱德说："早干啥子去了嘛！赶紧去，要下次再看到哑巴光着脚丫子挑水，你这个副营长就不要再当了。"

伍德安转身，跑着给哑巴找胶鞋去了。

这时，朱德从哑巴脖子上拿过那条又黑又破的毛巾，给哑巴擦额头上的汗。

朱德的这一举动，在场的人都没有想到。这个细微的动作，留给了哑巴永生难忘的记忆，也足见党和国家领导人对哑巴的关怀。

走的时候，朱德又拍了拍哑巴的肩膀，并伸出大拇指。

哑巴也向朱德伸出了大拇指。

经过一年多的艰苦奋斗，中央军委警卫营在伍德安的带领下，打窑洞 80 余孔，开荒 620 余亩。1942 年农业和副业生产的收入共合小米 850 余石。

1942 年秋收后，为了迎接中央军委警卫营与中央教导大队合并组成中央警备团，参加开荒的警卫营指战员回到了延安。

## 六块银元，一顶八角帽、一枚红五星帽徽、一对红领章

## ——哑巴在延安最大的秘密与隐私

1942 年 10 月，为了确保党中央，毛泽东、周恩来、朱德、叶剑英、刘少奇、陈云、彭真、任弼时、李富春、王稼祥、张闻天等领导同志的绝对安全，担负党中央、中央军委领导机关、广播电台、新华社和国际友人的警卫，中央军委根据国内形势的不断变化和延安地区的具体情况，决定加强警卫力量，充实警卫队伍，将保卫中央的中央教导大队和保卫中央军委的警卫营合并成立中央警卫团，隶属中央军委建制，对外称十八集团军总司令部警备团。由吴烈任团长，肖前任政委，王金任副团长，刘辉山任参谋长，张廷桢任政治处主任，宋家治任总支书记，樊学文任供给处主任。一连连长莫畏明，指导员温昌连；二连连长罗志淮，指导员曾策；三连连长何有兴，指导员赵沉幽；四连连长吕锡彬，副指导员杜泽洲；五连连长方仲实，指导员杨树先；骑兵连连长古远兴，指导员姜玉坤；重机枪连连长张海龙，指导员王乔。

哑巴被分到了五连炊事班，也就是方仲实和杨树先连队的炊事班。

成立大会是在 10 月 20 日召开的。

一条醒目的红布横幅悬挂在侯家沟球场上空。球场的四周插着彩旗，会场布置得简朴、隆重而热烈。中央军委警卫营和中央教导大队的干部战士，早早地来到会场，静静地坐在那里，等候大会的开始。

这天上午，天气特别好。会场虽然坐着黑压压的一片人，却十分安静。

中央军委总参谋部叶剑英参谋长亲临大会，并向全团指战员们发表讲话作出指示。叶剑英说："警备团是保卫中央首脑机关的部队，警备团是'钢盔团'，任务是非常重大、光荣而艰巨的。因此，必须团结一致，提高革命警惕，认真工作，刻苦学习，百倍努力地完成警卫任务，确保中央各负责同志的绝对安全。"首长们发完言后，全团的指战员们深刻地认识到警卫部队任务的重大和艰巨，增强了全体指战员的责任心和荣誉感，提高了团结一致、努力工作的精神，激发了完成警卫任务的决心和信心。

会后，全团的指战员们都沉浸在一片欢乐的海洋之中。侯家沟中央警备团的营区，战士们都忙着收拾房间，打扫营区的卫生。吴烈看着忙碌的战士们，心中也是感慨万分。中央几次让他担任中央警卫部队的领导职务，说明中央首长对他充分信任。

正走着，吴烈碰到了正在指挥战士劳动的供给处主任樊学文。

樊学文立即向吴烈敬了个礼，吴烈说了声"好"，继续在营区转悠。樊学文看到团长似乎有心事，也没多打扰，走开忙自己的去了。突然，吴烈猛然回头，朝樊学文叫了声："樊主任，你过来一下。"

樊学文听到吴烈的喊声，急忙走了过来。

吴烈说："樊主任，原来中央军委警卫营有个哑巴，听说过吗？"

樊学文说："是，有这个人。"

吴烈说："这次整编，他分到了几连？"

"好像是方仲实那个连吧！对，应该就是五连。"樊学文想了一下说。

吴烈说："哑巴这人虽然有点脾气，但本质很好，叫他干什么，他就干什么，从来不讲价钱。"

"要不，我们到五连去看他一下吧？"樊学文提议说。

吴烈笑了笑说："我正有这个想法，走，看看哑巴去。"

吴烈和樊学文说走就走，他们大步来到五连时，哑巴正在挑水，并且满头大汗的。哑巴虽然与吴烈7年没有见过面了，但那种刻骨铭心的记忆在他的心中没有消逝。刚一见到吴烈，哑巴就把他认了出来。哑巴扔下水桶，屁颠屁颠地跑了过去。其中一只水桶放斜了，满满当当的一桶水迅速流满了一地。

吴烈紧紧地握着哑巴的手。随后，哑巴围着吴烈转了一圈，然后拍了拍吴烈的肩膀，伸出了大拇指。

樊学文在一旁笑着解释说："团长，哑巴在夸你呢，他说你升官了，好样的！"

吴烈也比画着对哑巴"说"，你也好样的，大家都说你干得不错。

吴烈又对五连的一个兵说："把你们连长叫过来。"

那个兵说了声"是"，转身就跑向连部叫方仲实去了。

方仲实听说团长和供给处主任过来了，急匆匆地跑了出来。

"方连长，哑巴也是个老同志了，估计比我还大八九岁呢，生活上该照顾的就要给他照顾。"还没等方仲实站稳，吴烈就说开了。

"请团首长放心，我们会照顾好哑巴的。"方仲实坚定地回答道。

随后，吴烈又详细地询问了哑巴的工作和生活情况。

没多久，连长方仲实调走，四连连长吕锡彬调到五连当连长。此时，五连长吕锡彬、指导员杨树先是红军，三个排长也全都是红军。其中最引人注目的便是三排长高富有，虽然他没有多少文化，但人长得魁梧，且勇敢善战，特别有正义感。他是在 1937 年从彭德怀的前线主力部队总指挥部的特务团调到中央军委警卫营的，周恩来在劳山遇到土匪袭击后，一下调来两个连队。从此之后，警卫部队的实力大大加强了。那时高富有是机枪班长。他是 1936 年参的军，参军前搞了一年的地下工作。

1942 年 11 月初的一天，五连分来一个中等个头、长得文质彬彬、说话不紧不慢的青年干部。大家伙听说从机关来了个青年干事，都像看稀奇一样，争着瞧上他一眼。这年轻干部叫熊健，是原中央教导大队的青年干事。中央军委警卫营与中央教导大队合并成立中央警备团之后，由于两个单位原来都有青年干事，但中央警备团编制只有一个，而当时延安基层部队文化娱乐搞得特别红火，所以组织安排熊健到连队当文化娱乐教员。

熊健是个党培养起来的知识分子，他是湖北武汉人，入伍前在武汉的沙场当工人，后来经地下党介绍入伍到汉口八路军办事处。当时汉口八路军办事处的总负责人是周恩来，具体的负责人叫石磊。熊健是由石磊送到延安的。与熊健一起到延安的还有他的亲哥哥，到了延安后他们被组织上先分配到了抗日军政大学职工大队学习。职工大队有来自各方面的工人，也有学生，后来有名的总政歌舞团团长史诺蒙就是当时二大队一队的学员。学生是学生队，工人是工人队。熊健从职工学校毕业后分到了中央教导大队当青年干事。

熊健看到哑巴成天不停地挑水，要从山脚下的水沟里，挑到半山坡，对哑巴既敬佩又关爱。当时，五连还有一位挑水员，因为他身材高大，所以战友们都叫他高大汉。高大汉与哑巴形成了鲜明的对比，一个高大，一小矮小，但哑巴挑水的水平一点儿也不比高大汉差。

60 年后，在北京一个风和日丽的日子，当已是耄耋之年的熊健回忆起与哑巴共事的日子，竟然热泪盈眶。他眼里含着泪水说，哑巴同志虽然不会说话，但组织纪律性特别好，不怕苦不怕累。一年四季，夏天太阳晒得够呛，冬天也十分寒冷，但哑巴同志就没有停止过挑水，一年三百六十五天，从一大早天刚亮到天抹黑，他都在不停地挑。在延安的时候，由于生产劳动多，需要的水多，再加上取水不便，所以哑巴他们的任务异常繁重。熊健老人说，转眼就是 60 年过去了，60 年前哑巴风里来雨里去挑水的身影仿佛刚刚发生。在延安，哑巴除了挑水，还会主动地帮助骑兵连喂马，到山上砍柴，给炊事班烧火，行军的时候，炊事班最重的担子自然就被他抢走了。

一天下午，哑巴“嗷嗷”地叫着往连部走来，他又是来向连首长提意见的。哑巴已经不是第一次到连队提意见了，从四川一直到陕北，他已经数次向连队提意见，只要看到连队战士中有不良风气和习惯，他就会向连首长举报，只不过以前是在三连，现在变成了五连。哑巴到连部反映问题一般是两个方面：一是主动请缨参加劳动生产和战斗任务；二是反映连队出现的浪费等不良现象。比如要是他看到有些战士吃完饭碗里还剩有饭菜，他就会朝那些战士伸小指头，然后告到连长指导员那儿。

熊健看着哑巴端着个碗过来了，知道他又是来反映浪费问题了。

熊健搬了一把凳子，示意哑巴坐。

哑巴没有坐，而是指了指连长指导员平常坐的地方“问”熊健，他们上哪儿去了。

熊健摆了摆手，示意说，连长指导员到团部开会去了。

哑巴见连长指导员不在，指了指碗，再用手指了指外面的战士，然后往地上吐了一口口水。哑巴在骂那些浪费饭菜的战士。

熊健笑着朝哑巴伸出了大拇指，夸他这种做法好，这种精神值得提倡。

因为哑巴还生着气，他没有给熊健回伸大拇指。

随后，哑巴坐在凳子上等连长指导员回来。

大概等了个把小时，吕锡彬和杨树先各自拿个笔记本回来了。哑巴看着他们，一脸的不高兴，先是朝他们瞪眼，然后把碗往桌上一扔，指了指吕锡彬和杨树先，又指了指碗里的剩饭。

吕锡彬和杨树先明白了，哑巴又是来反映浪费问题了。

吕锡彬和杨树先知道，要是不召集全连开个短会，就难以让哑巴满意。同时，也确实是开个短会强调这个问题的时候了。于是，他们决定立即召集全连，开一个短会，讲一讲浪费问题。

这时，连值班员吹响了哨子，全连迅速站齐了队伍。哑巴看到队伍集合，立即站到了最左边一排的最后一个，那是他在炊事班的位置。吕锡彬和杨树先当着全连的面，强调了节约的重要性，指出每一粒粮食都来之不易，并对那几个战士进行了严厉的批评。吕锡彬还说："哑巴是炊事班的老同志了，他有权利和义务监督每一个战士的浪费问题，我宣布，哑巴以后就是咱们连队的义务监督员。"

由于哑巴每次到连部反映问题时，熊健总是热情接待他，很快，熊健与哑巴成了无"话"不"谈"的好战友。哑巴那个布口袋，是用青色布做的，由一根带子绑在腰间。他整天带在身上，挑水的时候带在身上，喂马的时候带在身上，就连晚上睡觉的时候，他也带在身上，显得神秘兮兮的。那些好奇的战友都想看，但哑巴就是不让他们看，谁要是抢着看，他就跟谁急，重则挥拳打人，轻则朝人吐口水。

三排战士小马，工作干得不错，要生产能生产，要打仗能打仗，军事素质顶呱呱的，这小家伙就是有些调皮。每当他看到哑巴的时候，总爱逗一逗。小马一逗，哑巴就朝他瞪眼。小马也笑着朝哑巴瞪眼，哑巴气来了，抄起手中的扁担，追着小马要打。小马年轻，人又长得高大，他一跑，哑巴哪能追上，只有在那里"嗷嗷"大叫几声。

一天晚上，哑巴正脱去外衣，准备睡觉，小马悄悄从后面过来，从哑巴腰间夺过那个布口袋。随后就是"嗷嗷、嗷嗷"的几声，几乎把整个房间都震响了。哑巴气急了，他发威了，他光着身子追了上去。小马跑得快，哑巴追不上，小马一边跑一边逗哑巴说："老哑巴，来啊，来啊。"

哑巴实在是追不上，他只得气呼呼地去找三排排长高富有。哑巴"嗷嗷"

地叫着来到一排，刚看到高富有，就朝他伸出个小指头，并比画着“说”，你带的什么兵，没有教育好。高富有不知道这件事的来龙去脉，自然是一头雾水。但他知道，哑巴从来不乱怪人，也从来不乱来事，肯定有什么事得罪了他。

正在高富有迷惑之际，排里的一个兵来告诉高富有：“排长，小马那狗日的逗哑巴呢，还把哑巴那个布口袋抢走了。”

高富有一听，气就上来了，骂道：“狗日的，敢跟哑巴开玩笑，看我怎么收拾你。”

一班班长肖士杰知道这件事后，也气势汹汹地跑了过来，大声吼道：“哪个狗日的逗哑巴玩儿了？哪个狗日的逗哑巴玩儿了？”自从哑巴把肖士杰从泥潭救出后，肖士杰便对哑巴感激不尽，平时对哑巴特别关照，要是谁对哑巴不客气，他就会动手打人，并且从来不管是干部还是战士。

小马见高富有和肖士杰都生气了，知道闯祸了，于是立即把布口袋还给了哑巴。但这样做显然还不能让肖士杰满意，他冲上去朝着小马就是两个耳光。

肖士杰冷冷地对小马说：“小子，胆肥了，是吧！牛了，是吧！敢逗哑巴老班长了。”

小马被肖士杰的两记耳光打蒙了，眼睛一时间金光四射。

“还逗不逗哑巴老班长？”肖士杰继续问。

“肖班长，我以后再也不敢了。”小马可怜巴巴地说。

肖士杰用教训的口气说：“告诉你，哑巴是老红军了，你小八路一个，有什么资格跟哑巴开玩笑，是不是不想干了。”

“我只是想开开玩笑。”小马小声地说。

“小子，我告诉你，你可以跟队里其他任何一个人开玩笑，但唯独不能随便跟哑巴老班长开玩笑。”肖士杰说。

那个布口袋里其实也没有什么秘密，只不过是六块银元，还有一顶八角帽、一枚缀着的布质红五星帽徽和一对红领章。银元是长征路上发的，八角帽和缀着的布质红五星帽徽还有红领章是红军时戴的，部队由红军改编成八路军后，哑巴舍不得扔掉，就把这些东西悄悄地藏起来，当宝贝一样，放进了自己的布口袋，并贴身放着，生怕丢了，或是被人偷了。

高富有是很有正义感的一个人，加之平时对哑巴敬重有加，听说自己排里的兵居然敢逗哑巴玩儿，自然不会轻易放过小马。小马刚回到排里，高富有上去就是几拳，打得小马直打踉跄，并吼叫着对着小马说："给我站好了，你胆肥了，是吧，敢逗哑巴老班长玩。"

小马笔挺地站着，哪敢有什么小动作。

"给哑巴老班长道歉。"高富有命令道。

但让小马为难的是，这歉怎么道啊，哑巴听不见，也不会说。如何让他明白自己的心意呢？

小马这人鬼点子还挺多的，他立即想出一个好办法。他用手指了指哑巴的手，然后朝自己左右脸打几个耳光。意思要哑巴打自己，教训自己。

哑巴比画着跟高富有"说"，不要再为难小马了，只要能改就是好样的，人家还是小孩。

哑巴拍了拍小马的肩膀，心平气和地走了。

哑巴虽然对布口袋里的东西看得十分神秘，一般的人根本不可能看到，但熊健却是个例外。

一天中午，哑巴从连部拉着熊健往外走，来到一个没人的地方。哑巴看了看周围，便从腰间解下那个系着的布口袋，然后小心地从布口袋里取出六块银元。哑巴拿着其中的一块，看了看，然后吹了吹，示意熊健鉴定一下这银元是真还是假。

哑巴的脸上带着笑容，认真地看着熊健的举动。

熊健明白哑巴的意思，便一块一块地看，然后一块一块地吹，吹银元的时候，真银元就会发出响声，假的没有响声。但响声哑巴听不到，所以每吹完一块，他就朝哑巴伸出大拇指。熊健连接着伸出6次大拇指。哑巴会意地笑了，然后把银元放回布口袋。

随后，哑巴又小心地拿出红军八角帽和缀着的布质红五星帽徽和红领章。

哑巴对熊健的极度信任虽然让熊健十分感动，但同时熊健心里也产生了一个疑问：哑巴怎么把钱看得这么重要呢？是不是他老家还有老婆孩子啊！要么就是他的农民意识太强了。但后来的事实证明，是熊健赢得了哑巴的充分信任，他才能享此殊荣的。

转眼半年过去了。这时，中央警备团在上级的领导下，部队人员也进一步得到了扩充，陆续由警备三团调来102人，编为中央警备团第6连；由359旅调来179人；由独立一旅调来98人；中央机关调来33人。1943年3月，还成立了宣传队、警卫队，设立了一、二营部，调任团参谋长刘辉山为一营营长；升任一连连长莫畏明为教导员；升任二连连长罗志淮为二营副营长，供给处副主任张耀祠为教导员。骑兵连连长古远兴当上了警卫队队长。

1943 年 4 月上旬的一天，熊健接到团里的命令，叫他于当天下午到团宣传队报到，当文化娱乐干事。原来为了丰富部队业余生活，中央警备团成立了宣传队，能写会唱的熊健也就顺理成章地被召回团部。熊健和五连的战友们一个一个道别。战友们都说，以后多来连队指导，有什么好节目别忘了五连的弟兄们。

这时，哑巴从山下挑水回来了，看到熊健和战友们高兴地握手道别，他也明白了三分，知道是好事。

哑巴放下水桶，把熊健拉到一个偏僻的地方，解开布口袋，拿出一块银元，塞到熊健手里，然后他又从那布口袋里拿出那枚旧红五星帽徽。

熊健知道这些都是哑巴的宝贝，死活不要，哑巴硬塞给他，他又往哑巴布口袋里塞。哑巴又要生气了，他朝着熊健"嗷嗷"地叫着，然后伸出个小指头。熊健知道哑巴是个非常节约的人，平常舍不得吃、舍不得穿，这几块银元也是他在长征路上用自己的生命换来的。

哑巴比画着"说"，只是做个纪念，不管走到哪儿别把这个朋友忘了就行，并"嘱咐"熊健到了团部要好好干，以后当个大官。

熊健不好再推辞，只好接受，并激动地点着头。

把那块银元和那枚旧红五星帽徽塞到熊健手里后，哑巴就挑起水桶头也不回地下山挑水去了。此时，熊健感慨万分，看来以前对哑巴还缺少沟通，缺少了解，他是把钱看得重要，但并不是贪钱，而是节约。哑巴的这种精神，影响了熊健一辈子。

## 张思德牺牲后

1944年，全面抗日战争进入了第7个年头，党中央领导中国共产党和抗日军民，抗击了日寇的疯狂进攻，打退了国民党反动派的三次反共“围剿”，边区和各抗日根据地得到了极大的巩固和发展，抗战胜利的大好形势已经展现在全国人民面前。同时，为了克服解放区财政经济的严重困难，在党中央号召之下开展起了大规模的军民生产运动。为了响应毛泽东“自力更生、丰衣足食”的号召，在中央社会部的领导下，中央警备团于1943年春起开始了大规模的生产运动。

当时的生产方针是以农业为主，并适当地进行手工业、运输业、供给性的作坊及其他副业生产，并采取了统一领导、分散经营的生产指导原则。

由于有了以往生产的基础，由于整风后部队的觉悟提高，由于能够抽出更多的人力投入生产，1944年就成为中央警备团生产规模最大的一年。全年中，在保证完成警卫任务的前提下，经过合理组织兵力，中央警备团抽出半数以上的人员共580人投入了大生产运动。基本上每个连都有部分人员参加生产，个别连队则全部参加了生产。

1944年开始，中央警备团开始了大规模的垦荒工作。短短的几个月内，共开垦了荒地11501亩，使部队的耕地面积由1943年的3823亩，迅速扩大为13214亩。

1944年的9月5日，传来噩耗：张思德牺牲了。当时，中央警备团考虑到张思德是毛泽东等主要领导同志的警卫员，决定把这个消息报告毛泽东。

警卫队队长古远兴接到这个任务后，内心十分矛盾，到底如何向主席汇报，他一边赶往毛泽东办公处，一边思考着这个问题。

古远兴悄悄地敲开了毛泽东办公室的门。

古远兴小声地对毛泽东说："主席，警卫队张思德牺牲了。"

毛泽东感到十分惊奇，问："怎么回事？！"

古远兴把张思德牺牲的经过详细地向毛泽东汇报了。

听完古远兴的汇报后，毛泽东严肃地说："前线打仗，是免不了要死人的；但后方搞生产出事故死人，是不应该的。"

第二天，古远兴又去毛泽东那里请示。

古远兴说："下石峡峪到延安有七八十里地，天热路又不好走，张思德的遗体运回来不方便，是不是就在当地掩埋？"

毛泽东看了古远兴一眼，满怀深情地说："小古呀小古，古人说，落叶归根，入土为安。张思德是四川人，他牺牲了，虽然回不了老家了，但我们也不能把他埋到荒天野地里哟！"

毛泽东当即作了三条指示："第一，要把张思德身体洗干净，穿上新衣服，入殓前要派战士给他站岗；第二，买一副棺材，运回延安；第三，要给他开个追悼会，我要参加，还要讲话。"

中央社会部遵照毛泽东的指示，为张思德买了一副棺材，派车把他的遗体运回延安，并做好了开追悼会的一切准备。

所有这些，都是在毛泽东作出指示后的两天之内完成的。

9月8日下午2时，张思德同志的追悼会在枣园后院的干河沟上召开。会场上悬挂着毛泽东亲笔写的"向为人民利益而牺牲的张思德同志致敬"的挽联，主席台的四周摆放着花圈。所有的花圈都是战士们用从山上采来的野花扎成的。

中央机关和警备团共1000多人，整整齐齐地在操场上列队，会场上一片肃静。

2时许，毛泽东在中央机要科科长叶子龙和警卫队队长古远兴的陪同下，从住处枣园后院走出来。他们迈着沉重的步子下了坡，一步一步来到会场前，然后站在队列中间的最前排。

直到哑巴看到主席台正上方的遗像，才知道牺牲的是那个经常帮助自己干活的张思德。哑巴坐在那里"嗷嗷"地叫了起来，心中的悲伤只有他自己知道。

因为他不能用语言表达失去战友的痛苦，更不能用耳朵去倾听其他战友的痛哭声与毛主席的发言。在他那个无声的世界中，他用他独特的方式，哀悼着那位曾经帮助过他、鼓励过他的好战友。不错，他们是老乡，但更重要的是他们是战友，是生死之交的战友，他忘不了张思德帮他挑水，给他的脚抹药的那一幕幕。想着想着，哑巴已是泪流满面了。

因为毛泽东在前面讲话，中央警备团的指战员们都不敢有丝毫的乱动。但有许多的战友在用余光看着流泪的哑巴。有许多人还整不明白，他一个聋哑人，还会懂得那么多人世间的情感吗？但他们想错了，哑巴是一个重情重义的人，是一个讲究良心道德的人，虽然他不认识“情、义”二字，也不认识“良、心、道、德”四字，但他却领会了这些字的真正含义。

追悼大会在哀乐声中开始了，首先由中央警备团团长吴烈宣布向张思德同志默哀3分钟。当中央警备团政治处主任张廷桢详细介绍了张思德的生平事迹之后，毛泽东缓步登台，怀着沉痛的心情向死者表示哀悼，接着发表了重要讲话。他的表情严肃，目光如电，炯炯有神，讲话声音洪亮，穿透力很强，悲壮而富有哲理，哀痛而具有火一样的激情：

> 我们共产党八路军新四军这个团体，完全是为着解放人民的，是彻底地为人民的利益工作的。张思德同志就是我们这个团体中的一个……

毛泽东边讲话边打着手势，当他讲到“为人民利益而死，就比泰山还要重”时，他就把两手往下用力一压；讲到“替法西斯卖力，替剥削人民和压迫人民的人去死，就比鸿毛还轻”时，就把手掌卷成一个喇叭筒状，放在嘴边一吹……

9月，西北黄土高原上已经略显荒凉。追悼会开完，哑巴独自来到山上，他久久地凝望着远方，心中充满了悲伤。

9月21日出版的延安《解放日报》，报道了这次追悼会的消息。

后来，秘书将毛泽东这次口头讲演整理成文，呈给毛泽东审阅。毛泽东看后，稍事斟酌，随即在文章的上方一挥而就，写上了“为人民服务”5个大字，便成了这篇著名讲演的标题，成了中国共产党人的一面旗帜。这篇只有数百字的短文，成为中国历史上一部光照千秋的传世经典。从此，“为人民服务”这五个大字，便与共和国结下了不解之缘，与共和国的发展同时前进。后来，毛泽东的这段讲话，以“为人民服务”为题，被收录在《毛泽东选集》第三卷中。

哑巴每次挑水时都要经过张思德的墓，他总是选择这儿作为休息的地方，顺便除除草，打理打理张思德的坟墓。

60 多年后的今天，当我从一些健在的老中央警备团成员口中采访到这些口碑资料时，我心中充满了感激与敬佩。可能，哑巴还不足以成为人们心目中的英雄，但他绝对是一位对革命对战友忠诚的人。

## “把哑巴给我绑上，带回团部炊事班”

### ——哑巴伤别五连，“调”到中央警备团团部炊事班

1945 年 8 月，日本侵略者宣告无条件投降。延安和全国其他地方一起，顿时沉浸在一片欢乐的海洋之中。哑巴也跟着“嗷嗷”地叫着，表达着自己对胜利的庆贺。

9 月初的一天，吴烈被急召到了中央办公厅。

吴烈急匆匆地到达办公厅时，中央副秘书长李富春已经坐在那里等候了。

“报告！”吴烈雷急火急地赶到后，声音响亮地打了一个报告。

李富春手里夹着根烟，说：“进来！进来！”

吴烈答道：“是！”

其实此时，李富春的心里也特别沉重，因为这是一项重要而神圣的任务，不敢有丝毫的马虎大意，只有高标准完成任务才能向党中央交代。

吴烈不明白，作为警卫部队，还会有什么比打仗和保卫党中央更重要的呢？

李富春吸了口烟说：“党中央计划离开延安，迁移到承德，把承德作为中央所在地。”

吴烈心里不禁一惊，这可是党的大事啊！

“党中央还决定，由我先行到承德，为党中央迁移承德做好各方面的准备工作。”李富春不紧不慢地说，但内心十分沉重。

吴烈心里明白了八分。

“这是一项特殊的任务，你首先要有个思想上的准备。”李富春说。

吴烈仔细地听着，并点了点头说：“是！”

李富春说：“党中央决定，把你们团分为两个团，抽调一部分由你带头跟我到承德打前站。这是组织对你的信任！”

从中央领导那儿接受任务回来后，吴烈感到任重而道远。他认为，党中央把如此重要的任务交给自己，是对自己最大的信任，也是对自己多年来警卫工作的一种肯定，一定要高标准完成这次任务。

很快，这个消息传遍了整个中央警备团，指战员们听到这个消息后，都纷纷写决心书，要求与吴烈一起到承德。

哑巴虽然不能完全明白，但他知道又有重要任务了，又有仗打了。哑巴很快就找到吴烈，并比画着要跟着他走，到前线打仗。吴烈比画着告诉哑巴，前方后方都一样，都是党的需要。哑巴不信，他比画着对吴烈“说”，你这么大的领导了不应该骗人。吴烈哭笑不得。

为了稳定官兵们的情绪，中央警备团立即进行了思想教育。会上，吴烈耐心地对大家说：“大家的心情是可以理解的，到前方去，是革命的需要，留在延安，同样也是革命的需要。一个革命战士，特别是警卫战士，要以革命工作为重，要服从组织决定。”同时，吴烈还讲了保卫好党中央和延安的重要性，使一些同志改变了不愿意留在延安，要求到前方去的想法。有些同志还表示要留在延安，安心工作，完成好警卫任务，保证党中央的安全。

随后，中央警备团分为两个团。从中央警备团抽调第二营的第五、第六两个连和团机关的一部分干部共220名，从中央社会部的培养公安干部的西北公学抽调一个连（这个连100多人均系干部），共400多人，组成先行中央警备团，由中央警备团团长吴烈任团长，西北公校副校长李逸民为团政委，樊学文为供给处主任。同时，配给先行团一部电台（台长、报务员、机要员、摇机员共6人）。同时，延安中央机关和学校有几十名干部，分批去东北，也随先行团一起行动。吴烈等人在做好留下同志思想工作的同时，积极做好了出发前的各项准备工作。对干部战士进行了思想动员，明确了任务，讲了行军途中注意事项。准备了行军宿营所需要的武器装备和冬季被服等物品。李富春副秘书长还批给先行团一部分陕甘宁边区的钱和粮票，作为路费。

从某种程度上讲，哑巴无疑是悲凉的，因为哑巴是老五连，与五连的指战员们有深厚的感情，同时哑巴又是一个工作狂，不论参加什么任务他总要冲在前面，要不让他参加如同给他致命的打击。但作为中央警备团的领导，从关心哑巴的角度出发，他们不得不这样做，哑巴又聋又哑，加之年龄大了，不仅行军打仗吃不消，执行任务肯定有困难。

五连的指战员们都整装待发了，哑巴也打起了背包，全副武装，准备和连队一同出发。连长吕锡彬和指导员杨树先给他做思想工作时，哑巴就拿着扁担要打他们，还往他们身上吐口水。哑巴也站到了队伍之中。

这时，吴烈笑着走来了。吴烈与哑巴有着深厚的感情，早在 1935 年他们就已经认识了，哑巴能入伍与吴烈有着极大的关系。吴烈不是第一次见到哑巴的这种德行，在他的印象中，每次有什么任务来了，哑巴都争着要去。

吴烈冲着哑巴笑了笑，然后伸出了大拇指。

不过，哑巴也有虚荣心，爱听些好话，见吴烈朝他伸大拇指了，他也礼尚往来给吴烈回了一个大拇指，然后指了指自己，伸出小指头。

吴烈心里一阵高兴，以为哑巴的思想工作做通了。于是，趁热打铁地比画着对哑巴“说”，把你留下是要交给你更重的任务，到团部炊事班当挑夫。

但哑巴根本就不吃这一套，他比画着“说”，连队走到哪儿，他也跟到哪儿，其他地方，他哪儿都不去。虽然哑巴心里明白，吴烈对自己是有恩之人，他不能跟吴烈对着干。

吴烈见第一套“软”方案不行，只得来第二套方案，跟他来“硬”的。

吴烈利索地命令道：“把哑巴给我绑上，带回团部炊事班，并把他给我看紧啦！”

中央警备团团部几个兵一把抓住哑巴，绑了个结实。被绑的哑巴一边“嗷嗷”地叫着，一边朝吴烈那边吐着口水。吴烈和五连指战员们的心里都很不是滋味，毕竟是自己多年同甘共苦的战友啊！

五连走了，哑巴十分难受，他一个人默默地挑水，谁跟他打招呼都不搭理。一连好多天，哑巴都不高兴，有的战士逗他，他就生气。那天，团长刘辉山专门找到哑巴，拍了拍他的肩膀，伸出大拇指。哑巴瞪了一下眼，伸出一个小指头。但刘辉山没有生气，他继续朝哑巴伸了大拇指，他觉得哑巴好样的，有集体荣誉感。几十年后，他每当回忆起哑巴同志的时候，总是说，哑巴爱生气，但都不是为了个人利益，而是为了集体利益，他跟领导生气，不是没让他参加生产就是没让他参加战斗，动机十分明了、简单与纯洁。虽然他是个聋哑人，但他的精神着实可嘉！

就这样，哑巴成为中央警备团团部炊事班的一名挑夫。

## “谢谢您了，老红军”

## ——部队卫戍石家庄，哑巴军民鱼水情深

1947 年 3 月，蒋介石背信弃义，纠集数十万兵力，向陕甘宁边区发动了大规模进攻，中共中央决定撤离延安。中央警备团分三路保卫中央领导和机关转移，一部在陕北担负保卫党中央和毛泽东、周恩来等中央首长的警卫任务；一部保卫中央后委机关转移到山西临县；一部保卫中央工委机关进至河北平山县。1947 年年底，解放军在各解放战场取得了新的胜利，党中央决定向河北平山迁移。经过严密部署后，中央警备团一部于 1948 年 3 月随同党中央、毛泽东从陕北杨家沟出发，东渡黄河入晋，经广武镇，过雁门关，翻越五台山，5 月安全抵达河北平山县西柏坡村。这时，中央警备团另一部也随中央后委机关到达。6 月，中央警备团一部进入石家庄市担负卫戍警卫任务，哑巴背着行军锅跟随着中央警备团团部从西柏坡开往石家庄。

6 月的石家庄天气十分炎热，火辣辣的太阳炙烤着城市的柏油路。城里的老百姓还沉浸在解放石家庄的快乐之中，他们大胆地在街上逛着，小孩们在大街上蹦着、跳着。中央警备团领导一再强调，别看石家庄已经解放了，但还有许多国民党特务隐藏在这里，出营区执勤或是办事的时候，一定要提高警惕、严于律已，不要中了敌人的糖衣炮弹。

这时，团部的公勤人员全都归司令部管理股管理。管理股具体负责这项工作的是谢管理员。谢管理员刚从连队副连长的位置调任过来不久，他是西北人，

老实憨厚，工作积极肯干，特别乐于助人，也是在延安入伍的八路。

来到石家庄的第一件事，谢管理员就召集公勤人员开了一个会，主要强调了部队纪律和群众纪律，特别强调，由于石家庄刚解放特务多，公勤人员相对基层战士自由，需要出营区办的事情也多，所以一定不要随便和陌生人说话，更不能随便把陌生人带到营区来。

自打解放军战士接管石家庄后，老百姓发现了一个很大的变化，国民党军队在的时候，全城都乱哄哄的，解放军来了不仅井然有序，还总是帮老百姓干活，比如打扫院子、挑水之类的。这样一来，看着满大街扛着枪的解放军战士，石家庄的老百姓既感激，也特别好奇，甚至特别羡慕这些经历过战争洗礼的英雄们。

哑巴还是第一次来到这样的大城市，他一边挑水，一边看着街道上的一切。这里与黄土高原上的城市有着较大的差别。虽然他感到这个地方特别新鲜，但却并不像许多年轻的战士那样表现得活蹦乱跳的。卫生队的卫生员刘国忠，是个刚入伍不久的新兵，他第一次来到大城市，感到十分新鲜，没事他就穿着个白大褂在驻地附近的街道上转悠，东看看西看看。哑巴已经盯上这个新兵几天了，他看不习惯小刘这种习惯，想要寻机好好教育教育他。

1948 年 8 月初的一天傍晚，卫生处的小刘吃完饭没事，又到街上溜达了。大城市的街上各种各样的物品，各种各样的人都有，特别是一些打扮妖艳的女子在大街上晃来晃去，充满了诱惑。

这时，哑巴正挑着水往营区里走，看到小刘又到大街上逛悠，便把水桶往地上一搁，抽出扁担，朝小刘扑了过去。小刘一看，吓坏了，当时脑海里一片空白，都不知道躲闪了。当小刘清醒过来的时候，他才发现，哑巴手中的扁担并没有落在自己的身上，而是落在了地上。哑巴正右手扶着扁担，瞪着自己看，汗水从他那黝黑的脸上流下，他的全身都汗湿了，即使是那顶军帽，那白色的汗碱也在夕阳的照射下显得特别抢眼。

小刘不知道自己犯了什么错误，十分不解地比画着“问”哑巴，你什么意思？

哑巴指了指那些打扮妖艳的女子，然后用右手做出一个手枪的样子，指向小刘。哑巴意思是“说”，外面特务多、坏人多，不要在外面乱逛，回营区去，要不然会被特务打死的。

小刘虽然是新兵，但他多少也知道些关于哑巴的情况。哑巴是团里的老同志了，连团长政委都让他三分，自然不敢顶嘴，于是乖乖地跟着哑巴回到了营区。

来到团部炊事班，哑巴拿出一个大扫帚，往小刘肩上一放，要他扛上。

小刘以为哑巴要他帮着搞营区卫生，于是拿着扫帚在院子里扫了起来。

哑巴瞪着眼，“嗷嗷”地叫着。

小刘不知道自己到底做错了什么，看着哑巴显得疑惑不解。

哑巴挑着水桶，朝小刘做了一个手势，叫他跟他走。小刘跟着哑巴走出了营区。

哑巴没有带小刘到挑水的地方，而是在离营区 100 米左右的一个破旧的四合院门口站住了。还没进院，院里就传来了一位老大爷的声音：“解放军过来了！”

院门开了，一位腿脚不灵便的约 70 岁的老大爷出现在小刘眼前。

哑巴又拉着小刘的手，来到屋内。小刘看到床上还躺着老太太，也是 70 岁左右。

哑巴指了指小刘手中的扫帚，又指了指院子的地面。小刘明白了，立即朝哑巴伸出大拇指。哑巴笑了，朝小刘伸出大拇指。

哑巴转身走向院外，挑水去了。

老大爷就跟在院子里打扫卫生的小刘聊了起来。

老大爷说：“你们这个解放军老是不说话，是不是怕泄露军事机密啊！”

“老大爷，他是个哑巴，他不但哑，还聋呢。”小刘说。

老大爷站在那里半天没有说话。过了一会儿，老大爷才说：“我还以为你们解放军保守军事秘密，不跟老百姓说话呢，原来他是个聋哑人啊，错怪他了。”

小刘说：“哑巴是个跟着毛主席从长征路上走过来的老红军！”

小刘与老大爷正说着，哑巴挑着满满的两桶水回来了。老大爷立即跑过去，要接替哑巴把水挑进来。哑巴朝他瞪了一眼，“嗷嗷”地叫着。

老大爷感激地说：“谢谢您了，老红军。”

小刘一边打扫着院子，一边笑着说：“老大爷，你说了也白说，他听不见。”

老大爷拍了拍自己的脑袋说：“你看我这记性。”

当哑巴把那担水倒进水缸后，老大爷死活不要哑巴再挑了。老大爷不会用手势，就干脆大声地说："早知道你是个聋哑人，我就不会让你帮我干活了。"

哑巴是个机灵人，他虽然不能听见，但明白老大爷的心思，何况老大爷要抢他的扁担。

看着小刘在一边发笑，哑巴似乎明白了什么，朝小刘瞪眼。

小刘怕弄得哑巴不高兴，立即收回了脸上的笑容，继续打扫他的院子。哑巴还是不干，拿着扁担要打他。

老大爷一看那架势，立即过去把哑巴拦住。老大爷看哑巴不依不饶，不知道自己和小刘犯了什么错误，又怕闹出什么事来，便"扑通"一声在哑巴面前跪了下来。

老大爷哭着说："你要不放过小同志，我就不起来。"

哑巴虽然听不见，但他从老大爷的举动中明白了他的意思，哑巴立即停止了追打，把扁担一扔，并把老大爷扶了起来。

这事算是结束了。

后来，小刘经常傍晚跟哑巴一起来老大爷家干活，但他记住了那次教训，少说多干。

1948 年中秋节，大地已经是一片金黄。

虽然面临着蒋介石亲赴北平与所属商定偷袭石家庄的威胁，解放军还是松弛有度。

一天，驻在石家庄东里村的中央警备团团部会餐。部队已经开饭了，哑巴还在忙碌着，因为水缸里的水不多了，他得挑满。他历来都是这样工作的，什么时候缸里水满了，他才会安安心心地坐在那儿吃饭。再说，哑巴这人从来不挑吃挑穿，有什么吃什么，遇上食物供应困难的时期，他还主动把好吃的让给年轻的战友们吃。

这时，还有一个上防空哨监视敌人飞机的战士，以及在外面搞侦察的几个战士没有吃饭。等那个上防空哨监视敌人飞机的战士急急忙忙赶回团部准备大饱口福时，发现整个团部吃大灶的一百来人，全都上吐下泻，趴在地上一大片。最严重的是一个司号长，当场就昏了过去。

防空哨兵吃惊地问："怎么回事呀，你们？"司号员小孙费力地说："不知道，吃了饭就觉得不对，肚子痛，我还以为撑的呢？"

团卫生队除了一个医生外出值勤，其他的医生护士都没有幸免，一个个痛苦得自顾不暇。小刘抱着肚子在地上打起滚来。

这时，哑巴挑水回来了。他看到这一惨状，又看了看在一边的那个防空哨兵，冲着他“嗷嗷”地叫着。那个哨兵不知怎么表达，只是一个劲地急，急得满头大汗。

哑巴哪管得了这么多，看着那么多战友倒在地上，他脾气腾一下就上来了，抄起扁担，瞪着眼朝那个防空哨兵“嗷嗷”地叫，怀疑是他捣的鬼。

那个防空哨兵知道哑巴的脾气，也知道在这种情况下无法解释清楚。

正在这时，敌人的飞机又来了。

防空哨兵冲着哑巴指了指天空，然后卧倒，哑巴一看天空，一切都明白了，他从地上捡起一块石头，朝天空投去。看着那石头在不远处落下，哑巴急得“嗷嗷”叫，幸亏敌机只从这儿经过，没有盘旋。

好在敌机解了防空哨兵的围，要不然，他也要吃哑巴的扁担了。

这时，团长刘辉山头脑还十分清醒，他大声地叫大家往外吐，还一边跟哑巴比画，叫他赶紧弄些水来，又叫防空哨兵把街上卖梨的叫来。

很快，哑巴把两大桶水挑了过来，他又拿来几个大碗，往战友们嘴里猛灌。没多久，卖梨的也来了，哑巴和防空哨兵给他们每人塞一个梨啃。

这东西效果还真不错，喝了水吃了梨后，他们把刚才吃的都吐了出来，鱼啊，肉啊，会餐时那些好吃的，通通吐了出来，吐得满院子都是。

附近的老乡一听说中央警备团的人中了毒，纷纷赶来。村里的村长、治安员，医院的医护人员，以及地方部队的人都来了。一时间，团部驻地人来人往、络绎不绝。

医护人员七手八脚把吃过的残余饭菜一化验，原来是砒霜中毒。再一细查，大灶在中秋节炒的几个菜全有砒霜。一问炊事员，炊事员说，每个菜里都浇过一样的肉汤。

砒霜毒性很大，半个小时便可以致人死命。赶紧解救！团卫生队那个外出执勤的医生立即搞解毒药。哑巴拿着碗，挨个地灌，即使战友们被他灌得叫苦连天。

一天后总算都缓过来了。

保卫部门立即查清了原因。一个七八岁的小男孩跑来报告说：有个不认识的老头交给他一包白药粉，说这是强壮身体的药，吃了身体好，让他把白药粉给解放军叔叔吃。小男孩常常到中央警备团来玩，知道伙房的情况，为了让每个解放军叔叔都身体好，便把白药粉放进了肉汤里。

幸亏砒霜在肉汤里稀释了，否则非闹出几条或者是几十条人命来。

毛泽东和周恩来也知道了此事。毛泽东当时就指示："赶快想办法抢救！这是教训，以后过节不准会餐，要吃平时吃。"

从那时一直到新中国成立初期，中央警备团再也没有在节日会过餐了。

这年 10 月，人民解放军在歼灭了 10 余万名太原守敌，扫除了太原外围据点后，随即兵临城下，准备解放太原市。中央社会部和华北局考虑到中央警备团在石家庄市积累了城市卫戍工作和警卫工作的经验，进入太原后可以学得更多的城市警卫工作经验，为今后担负中央首长和中央机关的警卫工作作进一步的准备，即命令中央警备团参加太原市的接管工作与警卫工作。于是，哑巴又挑着他的炊具，准备和大部队一起向太原进军。

中央警备团要撤走的消息立即在石家庄城里传开了。那个四合院里的老大爷听说这个消息后，急得直拍大腿，说："这么好的解放军，怎么说走就要走呢，要是留在咱石家庄多好呀！"老太太躺在床上，一边咳嗽，一边不紧不慢地说："老头子啊，解放军对我们这么好，我们不能不谢恩啊！你去找老书生，要他帮咱写一封感谢信，到鸡窝里捡些鸡蛋，去感谢一下解放军。唉，解放军是天底下顶好的人啊！"

老太太这么一说，倒是提醒了老大爷，他说："应该，应该，我这就去找老先生。"老大爷立即找到附近的一个老书生，向他说明了解放军帮他家干活的情况。老书生听后，稍加思索，提起毛笔，在宣纸上疾书，很快一封感谢信就写好了。

老大爷拿着感谢信，提着几十个鸡蛋，缓慢地挪着脚步来到中央警备团的驻地。老大爷走到中央警备团营区门口的时候，正好遇上了卫生队的卫生员刘国忠。

"哟，老大爷，你怎么来了，有什么事吗？"小刘奇怪地问道。

老大爷说："小刘，听说你们要走了，我叫老书生写了封感谢信，带了些鸡蛋，送给哑巴同志。"

小刘说："是啊！我们现在都忙着收拾东西呢，太原那边要打仗了，我们要赶赴前线作战了。"

老大爷听说他们又要参加战斗了，激动地紧握着小刘的手说：“小刘，你们要多保重啊！”

小刘说：“请大爷放心，我们一定多杀几个敌人，向石家庄人民报喜讯。”

“哑巴同志在不在？”见话题扯远了，老大爷急忙问。

“可能出门挑水去了。老大爷，这信你千万不能送给他，他不识字，说不定他当废纸给撕了呢。你更不能把这鸡蛋送给他，他虽然不能说话，却特别讲究群众纪律，从不乱吃乱收老百姓的东西。”小刘说。

老大爷问：“那给谁？拿回去那像什么话。”

小刘想了想，说：“还是给团部的谢管理员吧！司令部的后勤人员都归谢管理员管。”

小刘带着老大爷找到谢管理员时，谢管理员正在忙着收拾东西。

老大爷把感谢信递给谢管理员后，紧紧地握着谢管理员的手说：“长官，谢谢你们啊！”

小刘在一边笑了，说：“老大爷，我们解放军不叫长官，那是国民党军队的叫法，可以叫副官，也可以叫管理员。”

老大爷以为得罪了解放军，立即道歉说：“对不起，对不起，我真不知道，长官。”

谢管理员和小刘一听都笑了。

老大爷一拍脑袋，说：“嗨，看我这记性哟。”

谢管理员笑着说：“老大爷，叫啥都行，咱解放军是人民的军队，没那么多条条框框。”

老大爷松了口气说：“解放军真是一支好部队，要感谢你们共产党啊，培养了这么好的部队，就连听不见说不出的聋哑人都知道这么关心群众。请谢副官向上级反映，一定要表扬表扬这个做好事的解放军。”

老大爷走后，谢管理员立即去找哑巴。虽然谢管理员在连队当副连长的时候，知道一些关于哑巴的事情，但对他并不完全了解，特别是对于他的性格，还知之甚少。

谢管理员兴高采烈地去找哑巴。

哑巴穿着一件衬衣，迈着稳健的步伐向团部炊事班走来。

谢管理员一手提着鸡蛋，一手拿着感谢信，走到哑巴前面，挡住了他的去路。哑巴不知道啥事，看到谢管理员挡住了自己的去路，以为他在与自己开玩笑。哑巴“嗷嗷”叫了几声，那是对谢管理员的警告。

谢管理员还在那里乐哈哈的，哑巴已经忍耐不住了，他放下水桶，拿起扁担，举到了空中。谢管理员知道这玩笑开大了，知趣地跑开了。

谢管理员只得把小刘叫了过来。

小刘比画着对哑巴“说”，老大爷听说我们要撤走了，送来感谢信和鸡蛋，表示感谢。

但哑巴并没有表现出任何高兴的样子，相反地，还十分的不悦，板着那张黝黑的脸。

哑巴比画着告诉小刘，老大爷家困难，不能要他们家的东西，把鸡蛋送回去。

随后，哑巴又比画着“问”小刘，那张纸是什么意思？

小刘比画着“说”，是感谢信。

哑巴听了半天，加之不识字，还是没搞清楚感谢信是啥玩意儿，可能他以为那是银票什么的，于是比画着“告诉”小刘，把感谢信也一块送回给老大爷，他家穷，缺银元花，不能要。

小刘哭笑不得。

看来，谢管理员还真是没有领教哑巴的脾气。谢管理员生气地说：“哪有这门子事，送来的东西送回去干吗！”说完，准备转身离开。

哑巴把他的扁担挡在了谢管理员的眼前。谢管理员心里一惊，本想对哑巴发脾气，但细细一想，哑巴做得对啊，“讲”得在理啊。

哑巴指了指谢管理员手中的鸡蛋和感谢信，又指了指老大爷家的方向，示意要他送回老大爷家。

谢管理员自然逃不过哑巴这个挡路虎，这无疑让他很尴尬，他只得带着小刘，乖乖地朝老大爷家走去。谢管理员和小刘把鸡蛋送给了老大爷，但是感谢信还是悄悄地留下了。

# 中篇

## “咱们都习惯，就他一个人不习惯”

### ——哑巴在北平香山的“无聊”生活

后来，中央警备团到了太原，不过仗没打成。不久后，哑巴又跟随着部队来到党中央所在地西柏坡。在这里，他们警卫了具有重要意义的七届二中全会，特别让哑巴难以忘却的是，他与中央警备团主力一起，保卫着党中央进京，并亲眼看着毛主席由涿县坐上了开往北平的火车。哑巴在涿县看到那大玩意儿的时候，站在那里发愣，他可能在想，那家伙怎么那么长，肚子那么大，能装好多好多的人，并且还能跑，真是奇怪。不过，从西柏坡进北平的路上，哑巴没有再背行军锅、担炊具了，这些全部放在了马车上。这一细微的变化，无疑有点让哑巴坐立不安。

1949 年 3 月，中央警备团保卫着中央到达北平西郊的香山地区。至此，中央警备团算是完成了革命长途奔波的使命。一时间，香山也因为党中央、中央军委领导机关的到来迅速升温，并成为全国人民关注的焦点。

香山及其附近地区包括东至平绥路，东南至北平城墙，南界宛平县，北界昌平县的广大地区，面积 200 余平方公里。该地区社会治安情况十分复杂，解放后曾陆续发生反革命分子的暗害、破坏案件 10 余起，隐匿的国民党匪特散兵游勇等达 2000 余名。为了保证中央的安全，中央警备团迅速展开了社会调查，他们先后向中央社会部送去了一系列调查报告：北平郊区概况调查、香山概况、颐和园工作报告、海淀区工作报告、青龙桥情况调查，等等。通过调查，掌握了居民情况及匪特活动的一般情况。

到了香山，这些从枪林弹雨里走过来的指战员们都兴高采烈的。来到了北平这个大城市，又是文化古都，这里有令人向往的紫禁城、天坛、地坛，还有圆明园、颐和园等名胜，再说全国都快解放了，人民都快当家作主了，干吗不高兴啊！

但唯有哑巴心里十分矛盾，他的这种矛盾完全体现在他的表情和举止上，他到了这地方后既感到新鲜，又变得极不自在起来，没有了敌机与炮火相伴，还真有点儿不习惯。

这里有美丽的景色，特别是香山茂密的树林。附近的香山公园，是一座著名的具有皇家园林特色的大型山林公园，始建于 1186 年（金大定二十六年）。香山公园文物古迹丰富珍贵，亭台楼阁似星辰散布山林之间。这里有燕京八景之一“西山晴雪”；有集明清两代建筑风格的寺院“碧云寺”；有国内仅存的木质贴金“五百罗汉堂”；有迎接六世班禅的行宫“宗镜大昭之庙”；有颇具江南特色的古雅庭院“见心斋”；还有孙中山先生灵柩暂厝地——碧云寺金刚宝座塔。香山公园地势崛峻，峰峦叠翠，泉沛林茂。主峰香炉峰（俗称鬼见愁）海拔 575 米。公园内人与自然和谐相处，鸟啼虫鸣，松鼠嬉闹于沟壑林间。这里春日繁花似锦、夏时凉爽宜人、冬来银装素裹。尤其是深秋时节，黄栌如火如荼，气势磅礴，更是风景独特。

但到了这里，哑巴的“铁饭碗”就受到了前所未有的冲击，他开始以为是领导不再信任他了，不让他工作了，他想不通，以前在炊事班还管烧火，现在都是烧煤了；以前都是用自己的肩膀挑水，现在团里给他配了头毛驴，有的连队还用上了自来水，要不要他挑水似乎并不那么重要；行军锅也不用背了，有了马车，甚至汽车。

让人哭笑不得的是，刚开始的时候，哑巴还把怨恨发在这头刚刚入伍的毛驴身上，他以为这家伙把自己的饭碗给抢了，于是，他不给毛驴吃草，急了还在毛驴屁股上踢上几脚。那毛驴也不是个省油的灯，它踢踢后腿，作为回应。后来，与毛驴的感情深了，哑巴就再也不踢它了。

让哑巴感到更新鲜的是房子里的电灯，这玩意儿怎么这么怪，不用油就能发出光，还能把香山黑咕隆咚的夜照得通明！闲的时候，他就在房子里“研究”这灯，他关了开，开了关，没完没了。哑巴不识字，不会写字，又不会说话，不方便跟人交流，所以他也搞不懂电灯到底是什么，或许他以为这是神的眼睛呢。

让哑巴感到欣慰的是，还有一项工作他可以做，他可以给马喂草，这时马还有编制，还在服役，有几匹老马还是与中央警备团一同从延安长途跋涉走到北平来的。在哑巴眼里，马也是他的亲密战友。要是马吃草吃得多，并且吃得干干净净，哑巴就会在马的眼前伸出大拇指，要是马吃不干净，他就会在马的眼前伸出小指头。马也很通人性，哑巴叫它们干什么，它们就干什么。它们似乎也明白，眼前的这个老班长可得罪不起，他可是老红军。他还感觉，到了北平后，好多战友都变了，唯有马没有变，它们还那么听他哑巴的话，还是吃着草，对这个大城市的各种诱惑无动于衷。

此时，喂马成了哑巴主要的精神寄托；与马“交流”成了他唯一的发泄方式。

团长刘辉山始终惦记着哑巴。那天，坐在办公室的他突然对公务员小王说：“小王，去管理股把谢管理员叫过来，我有事问他。”

通信员小王干脆地说：“是，团长。”

一会儿，谢管理员大步流星地来到刘辉山的办公室门口。

“报告。”谢管理员报了一声。

“进来。”刘辉山说。

“是。”谢管理员说。

刘辉山开门见山地问道：“小谢，来到北平后，哑巴还习惯吗？”

谢管理员说：“团长，咱们都习惯，就他一个人不习惯。”

刘辉山不解地问：“怎么回事？说说看。”

谢管理员说：“到了北平各方面条件都好了，哑巴也不用背行军锅了，不用烧火了，他闲得无聊。再说，他也老了，身体也大不如以前了，但还跟农村里的老农民一样，爱干活儿，不给活儿干就翻脸不认人。所以，他感觉极不自在。”

刘辉山笑着说：“这就是哑巴啊！不这样，他就不叫哑巴了。尽量给他安排一些轻松一点儿的活干，别让他闲着也别让他累着就行，好吧。”

谢管理员说：“团长，哑巴可有心眼了，绝对不可糊弄他，糊弄他要吃他的板子，要不然就要遭他的口水。”

刘辉山笑着说："小谢，哑巴的这套我都领教过了，但不管怎么样，哑巴是交给你了，要是在他身上出个什么差错，我就拿你是问。"

谢管理员有点儿委屈地说："哑巴现在成了我们师的宝贝了，可不好管啊！"

刘辉山用手敲打着办公桌说："不好管你也得管好。"

谢管理员灰溜溜地走出了刘辉山的办公室。

由于北平是和平解放，又是国民党反动派统治华北的中心，敌伪人员基本未动。由华北战场上退下来的大批游勇散兵和从敌军中逃散的人员，分散隐藏在城内和近郊。围城时，还有部分敌人的宪兵特务，潜伏于城外，伺机进行反革命破坏活动。城市附近原有许多匪盗、流氓和部分游民、散兵，在解放军入城初期，社会治安工作尚未就绪之时，乘机进行抢劫、偷盗、骚扰和破坏活动，给北平解放初期城市的卫戍警卫、治安等工作，带来了一系列新情况和新问题。

7 月下旬的一天傍晚，哑巴赶着他那头心爱的毛驴到香山附近的一口水井处取水。虽然这些日子哑巴对毛驴发过脾气，甚至动脚踢过它，但从内心来说，他一直都十分爱惜牲口，并把它当成了自己的战友。加上这段日子，毛驴也给哑巴不少心灵上的抚慰，哑巴对毛驴也便关爱有加，即使是下山空运的时候，他也不坐在毛驴车上，生怕累坏了它。

这是一个极其普通的傍晚，只不过随着气温的升高，炎炎烈日下面，人们身上穿的少了。虽然中央已经从香山迁到了中南海，但中央警备团并没有放松对这一带的警惕。

哑巴扬起手中那长长的鞭子，穿过人群，沿着山坡路，朝水井处赶去。

来到水井处，哑巴刚把驴车停稳，一个年轻女子看是解放军来取水了，就扭着屁股走了过来。那年轻女子妖里妖气的，穿着暴露的旗袍，抹着浓浓的口红，手里提着一个精致小巧的提包。

那女人走近哑巴，说："大哥，打水呢！"

哑巴只顾取水，也听不到声音，根本就不知道身后跟着一个妖里妖气的女人。

那女人以为哑巴没有听见，继续说："大哥，你看我长得漂亮吗？"

哑巴还是没有反应。

那女人心生疑问，这解放军难道就真的练就了铁石心肠的本事，叫了几声还不回头搭话，我不信他就真是铁打的。

那女人采取了进一步措施，她一边说“大哥长得可真好啊”，一边从后面将手搭在了哑巴的肩膀上。

哑巴一激灵，扭头一看，吓得他“嗷嗷”叫了两声。哑巴向后退了两步，朝那女人瞪着眼，示意叫她后退。

那女人笑了笑，说：“大哥，你别假清高了，来，咱们去玩玩？”

哑巴瞪着双眼，手里的鞭子扬得高高的。

那女人继续说：“躁什么，交个朋友嘛！”说着，那女人又想走近哑巴。

哑巴“嗷嗷”地叫了两声，将扬起的长鞭朝那女人抽打过去。

“哎哟呢！”那女人惊叫起来。

周围的群众听到女人的惊叫声，都围了过来。

那女人趁机大声叫着：“来人啊，解放军打人啦！”

那女人叫得越凶，哑巴抽打得越厉害。

幸亏周围的群众把哑巴拉住，要不然那女人被打得更厉害。

那女人不依不饶，抓住哑巴的军装在那儿又哭又闹。

围观的人群中有人说：“赶快叫警察来吧！”

有人附和说：“对啊，叫警察吧！”

还有人议论说：“是不是解放军找了妓女没给钱啊！”

这些人的议论幸亏哑巴听不见，要是听得见，依哑巴的脾气，他一定会再次扬起手中的鞭子，给那些胡说乱说的人几鞭子。

没多久，还真来了两个警察，一个高个子，一个矮个子。

高个子警察对哑巴说：“怎么回事？”

哑巴没有说话，只是一个劲地“嗷嗷”叫。

高个子警察又问那女人：“他对你怎么啦？”

那女人哭泣着，掀起了旗袍说：“他用鞭子抽我，警察大哥你看，我身上都被抽红了。哎哟呢，哎哟呢。”

高个子警察斜着眼看了那女人一眼，又转过来问哑巴：“你为什么抽她？”

哑巴指了指那女人，“嗷嗷”直叫。

矮个子警察说：“他是不是个哑巴啊！”

高个子警察说：“解放军里会有哑巴吗？不太可能啊！”

矮个子也说：“是不太可能，是不是做错了什么装哑呢？”

高个子警察说：“可能是中央警备团的，中央警备团就驻扎在香山。”

高个子警察指了指哑巴和那女人，说：“都跟我到中央警备团去。”

哑巴的水桶也装满了，他扬起手中的鞭子，准备走人。但那女人听说要到中央警备团去，显得特别紧张，她结巴着对高个子警察说：“我家里还有事呢，哪还有工夫陪你们上中央警备团去啊！要去你们去吧，我先走了。”

高个子警察一把拉住那女人，说：“那不行，你不是说他用鞭子抽了你吗，怎么又要走了？”

一路上，那女人还哼哼唧唧的，一会儿说好话讨好警察，一会儿又说警察对她非礼，要告到他们头儿那儿去。

几分钟后，高个子警察和矮个子警察与哑巴和那女人来到了中央警备团。

接待并着手处理这件事的是谢管理员。

谢管理员对那两名警察说：“哑巴不会有什么问题，我可以打包票。哑巴就是哑巴，并不是装的，是个真真切切实实在在的哑巴，清澈见底的哑巴，除了他那口布袋里有几块银元，似乎再没有什么值得关注的秘密了。”

而那女人却露出了狐狸尾巴，因为谢管理员从她的内衣里搜出了一把小手枪。那女人面对着眼前的手枪，难以自圆其说，只得老实交代。原来她是国民党留在北平的特务，自从解放军接管北平后，她就想方设法地接近解放军，想从被拖下水的解放军口里得到一些情报，并适时进行破坏活动。

不久后，由于中国革命即将取得全国胜利，新的国家政权即将产生，我党将成为全国执政的党，党中央将成为新的国家政权的领导核心。因此，保卫好党中央的任务更加重大和艰巨。要承担起这样重大的任务，以原有警卫部队的力量是不够的。为了加强北平卫戍警卫工作，维护北平的社会治安，保证中央和军委领导同志及中央机关的安全，中央决定将中央警备团扩编，增加警卫力量。

这时，从东北过来的第 207 师已经进驻北平西郊海淀、清河、大有庄地区，担负警卫工作。事情就是这么凑巧，第 207 师的师长就是中央警备团老团长吴烈，他这个师下辖三个团，还有直属警卫营、炮兵营、通信营、工兵营、侦察营等，共有 15000 人左右。中央警备团的领导见到吴烈非常高兴，都没想到这么快就在北平见面了。吴烈留北平是中央军委直接下的命令，四野领导曾向他交代说：“我们考虑你长期干警卫工作，警卫中央的任务还是交给你放心。”四野领导的话不无道理，吴烈 15 岁就参加红军，并一直从事警卫工作。可以说，吴烈是一个让党和人民放心的老警卫了。而吴烈后来在他的回忆录中分析，之所以调他到这个师搞警卫，其中重要一条，是因为这个师在东北作过战，士兵都是翻身农民，人员比较纯。由于党中央和毛泽东都在香山附近，但许多重要活动，又必须在城内进行，所以香山一带，以及从香山进北平城内的沿线，便成为警卫工作的重点。

中央警备团接到扩编任务的命令是在 1949 年 6 月下旬。这是出于对警卫范围的扩大，工作的加重，以及北平城市的公安工作等统筹考虑，中央军委及相关部门的领导决定，组建中国人民公安中央纵队。司令员由 207 师师长吴烈担任。原 207 师改称公安中央纵队第一师，担负中央领导、机关、使馆警卫任务。

公安中央纵队第二师，则以原中央警备团为基础于 9 月 5 日在香山卧佛寺驻地扩编，担负中央书记处及中央各部委办的安全警卫。原来的团领导升格为师领导，师长刘辉山，政委张廷桢，副政委张耀祠，参谋长魏传连，副参谋长古远兴、蒋秦峰，政治部副主任向前。由团提升为师，需要扩充两个团，一个团从东北的部队中抽调，一个团从山西的部队中抽调，于是原来警备团的一些营、连、排干部，便分赴各地，将从各部队抽调的补充人员带到北平。公安中央纵队第二师共编为 3 个团、2 个直属营和 1 个直属连。各团番号按中央纵队建制顺序编为第二师第四、五、六团，以原中央警备团为基础，补充 7 个连，组成第四团，由惠金贤任团长、杜泽洲任政委。在整编中，为了适应警卫任务的要求，采取了保留基干为主，不打乱原编制，适当调整、补充的办法。为了完成艰巨的警卫任务，又从各团、营抽调优秀分子，充实担负中央内卫任务的警卫营和担负其他主要警卫任务的第四团。

哑巴也跟着荣升了，他从原来的团部炊事班到了师部机关炊事班。部队开始驻在旃坛寺，1953 年 7 月搬到了公主坟。

## 初次“下岗”的哑巴

搬到公主坟后，其他的战友更高兴了，因为部队到了市里，高楼林立，有各种各样的商店，还有川流不息的人流。但哑巴却失望到了极点，这时马没有了，已经退役了，全部配上了屁股头冒着浓烟的小吉普；毛驴没有了，水也不用他挑了，有了自来水；火不用他烧了，都改烧煤气了。哑巴要是到炊事班想干点儿什么，新兵都不让，刚把菜刀拿到手里，就被新兵们夺了下来。

哑巴整天无所适从，站也不是，坐也不是，不知道干些啥子好。此时的哑巴已经是个名副其实的老头了，战友们也感觉到他明显地老了，身子骨大不如以前了。一次体检，卫生所发现哑巴有冠心病，血压明显偏高。这不是一个好的征兆，卫生队队长知道哑巴在师首长心目中的分量，自然不敢怠慢，立即将这一情况告诉了谢管理员。谢管理员接到这个信息后，转身就向师长刘辉山的办公室跑去。

当时刘辉山正在批阅各种文件，他办公桌上的文件堆成了小山，有司令部的、有政治部的、有干部处的、有物资保证处的、有军械处的、有军法处的、有财务科的，还有各团和直属队的，包括方方面面的事情。刘辉山被繁杂的文件搞得眼花缭乱，正想从文件堆里走出来轻松一下，见谢管理员过来了，立即放下手中的文件。

刘辉山问：“小谢，有什么事吗？”

谢管理员说：“首长，卫生所体检查出哑巴有冠心病，血压也明显偏高。”

刘辉山十分惊讶，说：“哑巴身体历来都好得很哩！怎么会……”

谢管理员说："一是人老了，有些老年病也正常；二是他人胖，自然容易患高血压。"

刘辉山点了点头，说："也是。"

随即，刘辉山拿起了电话。

"接后勤处董处长。"

"是，首长。"

"是董处长吗？"刘辉山说。

董济民一听是师长的电话，感到十分吃惊，因为没有重大事情师长一般不会亲自给他打电话。董济民说："师长，我是董济民啊！"

刘辉山心情有些沉重地说："听说管理科的哑巴查出有冠心病，还有高血压啊！"

这一下把董济民问住了，他确实不知道，虽然后勤部是主管卫生方面的部门，但偌大的一个师，他后勤处长哪能面面俱到都管得过来。董济民只好说："我立即去卫生队了解一下情况。"

"不用问了，你看怎么给他治疗一下。"刘辉山说。

董济民说："是！"

放下电话，董济民就开始苦想如何给哑巴治疗。董济民虽然不是行医出生，但管了这么多年的卫生系统，多少知道一些卫生常识，他也问过卫生队的军医，要根治是不可能的。那怎么办呢？他猛然想起了在大连一个荣军院里当院长的老战友。董济民想，现在和平年代不用背行军锅，也不用喂马了，哑巴是师里的老红军，理应受到照顾，再说哑巴也快步入老年人的行列了，让他在荣军院疗养并不为过。但董济民不知道师领导会不会同意，更不知道哑巴本人愿不愿意去。

董济民带着这个想法，敲开了刘辉山的门。

当董济民把这个想法跟刘辉山说完，刘辉山高兴得拍桌子说："好，太好了，就这样定了。董处长，这件事你来具体负责。"

董济民一看师长如此高兴，心里也乐哈哈的，但他还是不无担心地问："师长，不知道哑巴自己同不同意呢？"

刘辉山迟疑了一下说："对了，凭哑巴的脾气，他是不吃这一套的，但可以智取嘛，不管采取什么办法，只要把他糊弄过去就成。"

董济民问道：“师长，你看怎么智取合适？”

刘辉山说：“哑巴不是喜欢干活吗，骗他，说在荣军院给他安排了一份工作，他不就跟着过去了吗？具体如何办，你自己看着办吧。”

经过充分的思索，后勤部还是决定把这个任务让谢管理员来做，因为他与哑巴接触最多，又是他的顶头上司，对他相当了解，更何况他们关系一直不错。只有以他为诱饵，让哑巴这条鱼上钩，这件事顺利完成的可能性才更大些。

谢管理员找到哑巴。正吵着要干活的哑巴看到谢管理员来了，立即迎了过去。谢管理员是哑巴的顶头上司，在进北京之前的相当长一段时间内，都是谢管理员安排哑巴的工作。哑巴看着谢管理员的脸上挂了笑容，猜到可能今天会有喜事。哑巴搬出一把小马扎，叫谢管理员坐。

谢管理员朝哑巴伸出大拇指。

哑巴摇了摇头，指了指自己，然后伸出小指头。

谢管理员指了指外面，然后做了一个挑水的动作。

哑巴一见有水可挑，那矮墩墩的身体立即跳跃了起来。

哑巴拉着谢管理员的手就往外走，要他现在就带他去。

谢管理员用比画着“说”，工作的地方很远，要坐车，要在外面过夜，还要把自己的生活用品和贵重物品都带上。

急不可待的哑巴急忙把屋子里收拾得干干净净，然后把这么多年发下来舍不得穿的衣服、裤头、袜子、鞋等物品都往包里一塞，背在身上，准备出发。

谢管理员笑着比画着“说”，没那么快，还得过几天，哪能说走就走啊。

随后的几天，哑巴几乎每天都背着包往谢管理员的办公室里跑，吵着要出发。哑巴的精神状态也明显变好了，见到谁都是乐哈哈的。

## 在大连荣军院的“幸福”生活

1954年春，北方大地已经绿油油一片，鸟儿在树上高兴地唱着歌，草儿在地上兴奋地跳着舞。哑巴都是50岁左右的人了，却像鸟儿一样“嗷嗷”地叫着，像草儿一样屁颠屁颠地跳着。

谢管理员和哑巴每人背着一个行军包，在一个阳光灿烂的上午向大连的荣军院进发了。哑巴特高兴，这是他生平第一次坐火车。来到前门火车站时，他开始不敢上车，站在车旁看不到这家伙的头，也看不到这家伙的尾，他对这个庞然大物十分好奇。哑巴用手势比画着“问”谢管理员，这家伙怎么这么长？谢管理员笑而不答。但哑巴多少对火车有些印象，1949年3月，保护中央进京的时候，他就看着毛主席等中央领导人从河北涿县钻进这家伙的“肚子”里。但让他没想到的是，仅仅几年之后，他也钻进这长家伙的“肚子”里了。

谢管理员看着哑巴还惊奇地站在车厢门口，一把拽住哑巴往车上走去，哑巴很不高兴，但当他走到车上时，同样被车厢里面的一切吸引住了。这里面比他住的屋子大多了，有座位，还有厕所。哑巴比画着向谢管理员表达，谢管理员不断地点着头。

坐在车上，哑巴把自己的包抱得死死的，生怕被小偷偷走。哑巴还特别有敌情观念，不断地向四周张望着，观察着周围的情况。谢管理员要是打瞌睡，哑巴就会掐他大腿上的肉，他下手特别重，疼得谢管理员“哇哇”直叫，反正他听不见，不知道谢管理员的叫声已经弄得其他乘客都朝这边看热闹。谢管理员继续睡，哑巴就继续掐。谢管理员急了，挥起了拳头，但很快就把拳头放了下去。

火车开久了，哑巴也累了，那种新鲜感渐渐地淡了下来，他抱着包在思索着，或许他在想，为啥红军长征的时候不坐这玩意儿呢，要是红军长征的时候也坐上这玩意儿不早就到北京了吗。可能他又想到了，那不对，要是红军长征的时候坐上这玩意儿，说不定还到不了北京呢。

一路上，哑巴很少睡觉，除非确实困得不行的时候，自然地睡着了。不管是睡着了，还是没有睡着，哑巴的双手就没有离开过自己的包。有时，哑巴还会伸手到腰间摸摸那个布口袋，看里面的那五枚银元在不在，看红军长征时穿戴的八角帽和红领章在不在。

30 多个小时后，哑巴和谢管理员来到了位于大连的荣军院。

大连确实是个美丽的海滨城市，它东西临海，南与山东半岛隔海相望，是以造船、机构制造、化工、纺织工业著称的工业城市。特别是大连港临大连湾，港阔水深，冬季不冻，是我国重要的对外贸易和渔业基地。同时这里海滨风光明媚，是个疗养、旅游胜地。

大连的这个荣军院更是环境优美，到处是花草树木，鸟语花香。哑巴一来到门口，脸上就写满了疑惑。他比画着“问”谢管理员，这工作的地方怎么比北京的香山更漂亮？谢管理员先是偷偷地笑了一阵，然后憋着笑声比画着“说”，这是个疗养院，那些在战场上受伤的英雄们就在这疗养，我们是来负责这里卫生工作的。哑巴点了点头。

听说北京部队的人来了，董济民的战友，也就是这个荣军院的院长亲自到门口来接他们。

院长说：“欢迎北京来的战友啊！”

谢管理员敬了个军礼，说：“给院长添麻烦了！”

院长说：“哪里哪里，都是革命兄弟，一家人，一家人。”

谢管理员比画着告诉哑巴，这是荣军院院长，是我们以后在这儿工作的头。

哑巴一见是领导，也搞起了溜须拍马之事，他朝院长伸出了大拇指。

院长问谢管理员：“他什么意思？”

谢管理员笑了笑，随便胡诌了句：“他说，你这么年轻就当院长了，了不起啊！”

本来不苟言笑的院长听谢管理员这么一说，也忍不住哈哈大笑起来。

院长带着哑巴和谢管理员把各种手续办好后，又把他们领到自己的办公室。

谢管理员说："哑巴同志是位老红军，为部队作出了不小的贡献，现在身体不好，根据首长的意思，想让他疗养疗养，但他脾气有点暴躁，不能让他知道他是在这养着的，得让他感觉到他是在这儿工作，要不然他会闹情绪，说不定还会闹着回北京。我们这次来还隐瞒了事实的真相，他以为是到荣军院来上班的。"

院长笑了笑说："请谢管理员放心，这些老董已经跟我说过了，我有所了解，老董交代的事我不敢有任何怠慢啊，再说照顾这样一位身份特殊，有着不凡贡献的老红军，是我们应尽的义务和责任。"

谢管理员说："院长，那就拜托了。但我现在还不能走，你得安排点活儿，让我跟他一块干几天，先糊弄他安心在这儿住下，然后找个机会再回北京。"

院长笑着说："没问题啊，我们还求之不得呢。"

住在荣军院疗养的军人，全是从战场上下来的战斗英雄，大枪大炮什么没见过，缺胳膊少腿的人满院子都是。是英雄就会有英雄主义气概，个性鲜明，也会有一股牛气与霸气。但哑巴却不吃这一套，想当年，连队头号英雄肖士杰都被他征服了，他会怕这些拄着拐杖缺胳膊少腿的英雄吗?

哑巴还是那个脾气，干活儿认真也较真，一大早就把谢管理员叫起来，拿着扫帚满院子扫地，好像他就是这个院子里的主人。荣军院的同志开始还高兴得不行，哑巴本来就是来疗养的，反倒帮他们打扫卫生，当然求之不得了。几天后，荣军院的同志都知道用什么方式夸哑巴了，他们只要遇到哑巴，就朝他伸出大拇指。哑巴定会友好地伸大拇指回报。

看哑巴基本适应了这里的生活，谢管理员准备回北京。当然，这事还不能跟哑巴讲真相，还只能采取"欺骗"的手段。谢管理员向哑巴比画着，要回老家一趟，看看老父老母和老婆孩子，顺便还要到北京出一趟差，可能要好几个月才能回来。哑巴很高兴，还朝他伸出大拇指，夸他懂事，孝敬父母。

谢管理员走后，哑巴的聋哑与不善于处理人际关系的缺点又暴露出来了，同时与荣军院的矛盾也体现出来了。首先是他看着住在这里的人，整天除了散步还是散步，要么就吃饭，基本上不做什么事。他对这些"好吃懒做"的人表现出了反感情绪，什么狗屁英雄，尽会摆架子、"好吃懒做"。其次，他负责院子里的卫生，总是跟那些不讲卫生，到处乱扔垃圾的人较劲。

一天，哑巴正拿着扫帚打扫院子，一个一瘸一拐约30多岁的男子走了过来，他左手拄着一根拐杖，右手夹着根烟。哑巴瞅着他，立即想起了在延安遇到敌机轰炸的那次，连长为了救自己不幸被敌机炸死，自己的腿也被炸伤了。这个军人也许也是被敌机炸伤的。哑巴想。

正想着，那个负伤的军人把烟蒂毫不思索地扔到了地上。哑巴看到了这一举动，满脸乌云密布。对于哑巴异常的表情，那个负伤的军人没有当回事。虽然是个负伤的军人，但哑巴不管这么多，他总是把一些事情分得特别清楚，是好的就该表扬，不好的就要受批评，就要改正，甚至要挨打，不管你是不是病号，还是多大的领导。在哑巴那个无声的世界里，没有那多么的上下级之分，也没有高低贵贱之分，他一碗水端得很平。

哑巴发威了，开始只是“嗷嗷”地叫了几声。

那个负伤的军人根本就没有把这个打扫卫生的小老头放在眼里，继续往前走着。

哑巴扛着扫帚三步并作两步来到那个负伤军人的跟前。

那个负伤军人原来是个勇猛的连长，长得高大魁梧，打过无数次仗，也受过好多次伤，他甚至不把一般的领导干部放在眼里，对一个不起眼的小老头更是不屑一顾。

哑巴站在那个连长面前，“嗷嗷”地叫了两声，然后指了指那个烟蒂。

那个连长才明白，这个黑老头是怪他乱扔垃圾。他说：“老头，老子什么人没见过，什么敌人没打过，小日本、国民党军，军阀、土匪都打过，你竟然管到老子头上来了。再说啦，扔个烟蒂算什么鸟事。”

哑巴虽然听不见，但从那个连长脸上的表情，他明白：这家伙没有说什么好听的话。

哑巴站在前面不走，又“嗷嗷”地叫了两声。

那个连长伸手就想打哑巴，但因为他腿脚不灵便，本来行走就很困难，要打人就更不容易了，哑巴一闪，那个连长差点儿摔倒了。

那个连长说：“狗日的，还在这婆婆妈妈，老子揍扁你。”

这下可把哑巴惹急了，他操起手中的扫帚直扑那个连长。扫帚打在了那个连长的身上。

那个连长几乎气急了，骂道：“狗日的，等老子伤好了，老子非揍扁你不可，老子打过那么多仗，只打过敌人，从来没有被敌人打过，你今天还敢来教训我。”

哑巴只是想教训一下这个不听指挥的家伙，并没有成心打他，所以下手也比较轻。

这时，荣军院的领导和工作人员听到吵闹声都赶来了。院长知道，哑巴惹上了那个连长，以后不会有清静日子过。

那个连长整天吵着要跟哑巴较劲，院长也没办法，只好做那个连长的思想工作，并停止让哑巴打扫院子。但哑巴哪肯，他仍旧每天一大早打扫院子卫生，把这个院子当成了他家的，别人只能在上面走，不能破坏卫生，谁要乱扔东西，他就跟谁急。几天下来，他就跟人家吵了十几架，几乎是一天一大吵、半天一小吵，都是因为别人乱扔垃圾这样鸡毛蒜皮的小事。

院长也不敢和这些英雄们较劲，干脆跟荣军院的兵说：“要是再看到哑巴打扫卫生，就把他的扫帚抢下来，看他还怎么打扫卫生。”但院长想错了，哑巴是个服软不服硬的人。

第二天一大早，哑巴正要打扫卫生，荣军院的一个战士就把哑巴手中的扫帚给抢了，哑巴“嗷嗷”地叫着，追着那几个战士要扫帚。战士年轻，跑得快，哑巴哪追得上他们，只好站在那里“嗷嗷”地叫着。随后，哑巴又气呼呼地找到了院长办公室。院长本来就因为哑巴这事烦得不行，看到哑巴气势汹汹地来了，院长扭着头，朝着哑巴扬了扬手。哑巴虽然聋哑，但这种轻视自己的行为，他还是一眼就看了出来。哑巴朝院长伸出了小指头，然后气冲冲地出了院长办公室。

彻底没了事干，哑巴心里慌得很，这时他想起了北京的老部队，想起谢管理员他们。

第二天，哑巴把屋里的东西收拾起来，一股脑地塞进包里，然后背着包来到院长办公室，比画着要回北京。

院长感觉拿哑巴没办法，他也没法留下，留下他这个荣军院安宁不了，他只得向北京发了一个电报。董济民立即把这一情况向刘辉山汇报了。

刘辉山看哑巴在外面人生地不熟，又聋又哑的，怕他受罪，于是说：“也别难为他了，他想回就让他回来吧！”

哑巴在荣军院还没有待上一个月，又回到了北京。

## “荒地栽上果树，解决哑巴工作”

## ——公主坟开荒，哑巴成为果园“经营”者

虽然离开北京不到一个月，但哑巴却有离别千日的感觉。见到昔日的战友们，他兴奋地跳了起来。这房子、这面孔，这里一切的一切都是那么地亲切和友好。

回到北京的第二天，哑巴就来到了三楼的师长办公室。他十分激动，紧紧地抱着刘辉山。对于哑巴的到来，刘辉山并不感到意外，从延安到北京的十几年里，他对哑巴算是知根知底。

刘辉山示意公务员给哑巴泡杯茶，但被哑巴拦住了。

刘辉山知道，哑巴定是闹着要安排工作。

哑巴比画着“说”，要回炊事班。

刘辉山向哑巴示意，你年纪大了，不适合在炊事班干了，不过，我们正在考虑给你安排工作，但不能着急。

哑巴笑了，比画着“说”，哪能不急，没活儿干，心里慌得很，吃饭饭不香，睡觉睡不着啊。

哑巴得到了刘辉山的承诺，拍了拍他的肩膀，然后朝他伸出了大拇指，笑着走出了办公室。

站在一旁的公务员是瞪着眼看着哑巴出门的。哑巴刚出门，公务员就带着不满的情绪说：“首长，他算个啥东西，敢在您肩上拍来拍去的。”

刘辉山往椅子后面一靠，吸了口烟，笑着说：“在咱们师，也就哑巴有这个资格。”

刘辉山这一说，把年轻的公务员说糊涂了，这又黑又老又矮，还一脸麻子的老头子的官难道比师长的官还要大吗？

刘辉山说：“在师部待的时间长了，你就知道了。”

公务员还是不解地出了刘辉山的办公室。

刘辉山知道，跟哑巴来不得半点儿虚假，他是个爱较真儿的人。

当天下午，刘辉山就把参谋长古远兴、政治部主任向前、后勤处处长董济民等人召集到师部小会议室。师里这批主要领导干部都是哑巴的老战友、老熟人，多多少少都与哑巴有过这样那样的接触。听说是研究关于哑巴的事，大家伙都很积极。

当领导们到达会议室时，刘辉山早已经坐在那里等候了，并且烟灰缸里已经落下了好几颗烟蒂。

看大家伙都到齐了，刘辉山说：“哑巴也是咱们师的老红军之一，虽然他不是一线指战员，但他一路走来，也是劳苦功高啊！本来考虑到哑巴身体不太好，有冠心病，血压还偏高，想让他休养休养。董处长还联系了大连的一家荣军院，哑巴人也去了，但他在那里非得要做点儿事，院长通情达理，安排他搞卫生。但他还是老脾气改不了，干点活儿老爱较真儿，去了不到一个月，他就与荣军院疗养的人吵了十几架，听说还跟一个英雄连长干了起来。当然啰，不能用语言进行沟通也是造成这种现象的一个重要原因。后来，院长不要他搞卫生了，没活儿干的哑巴哪能闲得住啊，就吵着要回北京。这不，刚到北京，就吵着要回炊事班工作。”

刘辉山话音刚落，众人就讨论开了。

在这个师，师主要领导为一名普通军人开专题会研究某个问题，几乎是不可能的事。但为哑巴讨论问题，是毫无争议的。

“让他打扫院子吧！不给他作硬性规定，他想怎么打扫就怎么打扫。”古远兴说。

“不行，哑巴在荣军院就是打扫卫生才闹矛盾的。我们不作硬性规定，就怕他自己作硬性规定。再说我们谁也保证不了大院官兵不乱扔垃圾。”刘辉山否定了古远兴的说法。

向前说："要不，还是让他干自己的老本行，到炊事班去。"

向前的这个说法没有得到大家的认可。哑巴显然已经不适合在炊事班干了，一是他年纪大了，身体又不好；二是他又聋又哑，工作起来极不方便。

后勤处处长董济民一直没有发言，他似乎在思索着什么。这一细节被刘辉山发现了，刘辉山说："董处长，你也谈谈自己的想法。"

"师长，咱们院西边不是有一片荒地吗？里面还栽了一些果树……"董济民说。

董济民还没有说完，刘辉山就猜到了，他一拍桌子，大声说："好！"

刘辉山这一拍，把大家伙都吓了一跳。

"董处长，说说你具体的想法，让大家都听听。"刘辉山高兴地说。

"我看，不如把荒地都开发了，栽上果树，一可以绿化环境，二可以产生收益，三也解决了哑巴的工作，一举三得啊！"董济民说。

刘辉山与其他领导相视而笑，纷纷说这个办法好。

最后，刘辉山说："搞后勤的不仅有经济头脑，处理问题还灵活，这个事由董处长具体办，参谋长、主任都要给予支持与帮助。我看这事就这样定了，大家伙还有意见没有？"

古远兴、向前、董济民等人都摇了摇头。

其实刘辉山同意并很乐意将西边那片荒地开发是有足够理由的。他忘不了那一次朱老总与他和政委张廷桢推心置腹的一次谈话。那是 1950 年春天的一天，刘辉山和张廷桢接到了朱老总秘书打来的电话，说是朱老总要请他们吃顿便饭。

朱老总请他们吃饭，刘辉山和张廷桢并不感觉意外，虽然他们只是在师职岗位上的领导干部，但他们已经是跟随朱老总几十年的老警卫了，自然有着一般师职领导所不可比的优越性。朱老总向来朴素，不提倡搞什么特殊化。这些，刘辉山和张廷桢已经相当了解了。开饭前，朱老总说："家常便饭，四菜一汤。"

确实是家常便饭，刘辉山和张廷桢心里想着，就这样的伙食并不比他们师职干部好。但刘辉山和张廷桢总感觉朱老总有什么事，或者是有什么话要跟他们讲。朱老总一边吃饭，一边对刘辉山和张廷桢说："国家解放了，警卫部队更应该提高警惕，时刻不能放松。"朱老总看他俩挺拘束的，便说："又不是批评你们，也不是求你们办事，那么拘束干吗，随便吃，不要客气嘛。"吃完饭后，朱老总叫炊事员拿给刘辉山和张廷桢每人一个苹果。刘辉山和张廷桢也没有多想，在这么大的首长家里吃完饭再吃个苹果再正常不过了，于是拿着苹果就“咔嚓咔嚓”吃了起来。他们不知道朱老总给他们吃苹果的真正含义，也没想到朱老总今天叫他们来表面是吃饭，实质上是吃苹果。

正吃着，朱老总问：“小刘、小张，你们感觉这苹果好不好吃？”

刘辉山和张廷桢异口同声地说：“好吃，好吃。”

朱老总又表情严肃地说：“那你们认为战士们爱吃吗？”

刘辉山和张廷桢一听这话，知道朱老总话中有话，不知说什么好，只好点了点头。

朱老总继续说：“战士们想吃，但他们闹不上啊！是吧！”

刘辉山和张廷桢连忙点头说：“是！首长！”

朱老总用手敲打着桌子，意味深长地说：“你们是师长政委，得想办法啊！”

刘辉山和张廷桢又犯难了，刘辉山说：“首长，没有什么好办法啊！”

朱老总说：“在延安的时候都有办法，到北京就没办法了？自己动手、丰衣足食啊！”

刘辉山和张廷桢互相看了看，都笑了，总算明白了朱老总的一番心意。

随后，朱老总说得很直接：“我给你们批钱做本钱，你们搞生产，你们拿着我的条子到中央供应站借500两白银，开厂子、搞生产，为战士们解决实际问题。”

朱老总一直支持关心着警卫部队的生产和生活，让哑巴经营果园不也符合中央的指示吗？说干就干，师领导立即发动直属队的战士们开垦荒地。部队干活就是有战斗力，短短十几天，一大片荒地就开垦成了果园，加之正值春季，果园里立即栽上了苹果树和桃树。昔日的荒地，今日成了一道亮丽的风景线。

这时，哑巴除了晚上睡觉，其他时间都在经营果园。果园分为南北两园，南园为果园，北园为桃园。由于是刚栽的果树，哑巴十分频繁地给果树浇水，保证小树苗吃饱，长得健健康康、壮壮实实的。办公楼后面有一口井，哑巴每天一大早起来，就从井里打水，然后挑到果园浇水。为了不让那些小草把果树的营养抢走，哑巴不是给果树浇水，就是蹲在果园里拔草。一天三顿饭，他干脆从饭堂里打了后端到果园里吃。他穿着十分朴素，在果园里干活的时候，舍不得穿新胶鞋，就穿着破军装和旧胶鞋，典型的农民作风。

看到荒地变成了果园，师部大院里从师长政委到新兵蛋子脸上都挂上了笑容。这种得意感，哑巴表现得最为明显。没事的时候，他还会背着手，围着果园转来转去，很有首长架子。事实上，他是果园里最大的官。

树不能说话，哑巴也不会说话，他们用心在交流，到底交流一些什么，只有哑巴心里最清楚。

## 罕见的老头少尉

1955 年 2 月 8 日，第一届全国人民代表大会常务委员会第六次会议通过了《中国人民解放军军官服役条例》，确定在全军实行军衔制度，10 月 1 日，全军正式实行军衔制。军官军衔设五等、十五级，分别为：中华人民共和国大元帅（未授），中华人民共和国元帅，大将、上将、中将、少将；大校、上校、中校、少校；大尉、上尉、中尉、少尉、准尉。9 月 27 日，在北京中南海隆重举行授予元帅军衔及勋章典礼，毛泽东主席授予朱德、彭德怀、林彪、刘伯承、贺龙、陈毅、罗荣桓、徐向前、聂荣臻、叶剑英元帅军衔。同日，国务院举行授予将官军衔和勋章的典礼。

在 9 月 27 日这天，有几位被授予将军衔的军队领导是破了例的。一位是一生战功赫赫的皮定均军长。本来总政准备给他授予少将军衔，这也无可厚非，正军职的基本军衔就是少将军衔。但当这个批件呈到毛泽东那儿时，毛泽东经过思索后却在批件上写道：皮旅有功，由少晋中。后来，这件事成为军队的佳话。同时，在正师职领导岗位上被破例授予少将军衔的还有公安警卫师的军政主官。毛泽东也有他的理由，他说，这是对警卫部队的特殊奖赏。

这对军政主官就是当时公安警卫师的师长刘辉山和政治委员张廷桢。同年，刘辉山被授予三级八一勋章，二级独立自由勋章，二级解放勋章；张廷桢被授予二级独立自由勋章，二级解放勋章。刘辉山和张廷桢是让党中央和全国人民放心的一对警卫主官。他们的经历有着极大的相似之处，他们都是 1909 年出生，一个 12 月出生，一个 9 月出生，前后也只不过相差 3 个月。1942 年 8 月，中央警备团成立的时候，刘辉山任参谋长，张廷桢任政治处主任。1945 年 9 月，刘辉山和张廷桢同时分别当上了中央警备团团长和政治委员。1950 年 12 月的时候，刘辉山和张廷桢同时分别当上了公安警卫师的师长和政治委员。后来，北京卫戍区组建，他们又分别先后任北京卫戍区副司令员和副政治委员。1983 年的时候，他们先后在北京病故了，前后相隔 4 个月，他们是中华人民共和国警卫史上的一对好主官，共事多年，一直十分默契，受到了党和国家领导人的高度信任，成为新中国警卫史上的一段佳话。

看着人家都戴上了军衔，哑巴心里也着急得不行。哑巴特别在意这些东西，当年红军改为八路军的时候，他就把红军八角帽、旧红五星帽徽、红领章保存了起来，后来他把旧红五星帽徽作为贵重礼物送给了熊健。八路军改为解放军的时候，他又把八路军的帽徽保存了起来。并且把这些都放在了他那个贴身的布口袋里，一天二十四个小时都跟着自己跑，可见哑巴在用他特殊的方式，表达着对军营的热爱。

实际上，这时候师领导已经在考虑如何给哑巴授衔定级的事，但哑巴已经等得不耐烦了。

10 月初的一天，哑巴再次敲响了刘辉山办公室的门。

对于哑巴要求佩戴军衔，刘辉山早有所闻，他估计哑巴今天就是为这事而来的。

刘辉山依然对哑巴恭敬有加，先叫公务员给他倒杯茶水。虽然知道他不抽烟，刘辉山还是象征性地给他开烟。

哑巴摆了摆手，目光直盯着刘辉山肩膀上那闪闪发亮的少将军衔。

一会儿，哑巴走到刘辉山身边，拍了拍刘辉山的肩膀，细细地看了他的少将军衔，摸了摸，然后朝他伸出了大拇指。哑巴又指了指自己，伸出了小指头。

刘辉山知道哑巴的心思，其实他自己心里也特别难受。哑巴同志毕竟也跟随着警卫部队出生入死多年，保卫着党中央，从长征路上走来的，理应授军衔。

刘辉山指了指哑巴的肩膀，然后拿了自己的肩牌，示意也要给他授军衔。

出门的时候，哑巴再次用手指了指自己，伸出小指头。他在“说”，我工作干得不行，是最后一名，不值得授衔。

哑巴的心里是矛盾的，一方面他向领导示意自己工作干得不行，一方面他又特别想戴上那闪闪发亮的带星的军衔。因为他心里明白，这一新鲜玩意儿是一种荣誉的象征，是对工作肯定的见证。

又一个关于哑巴问题的专题办公会。

参加会议的有师长刘辉山、政委兼干部部部长张廷桢、副师长魏连传、副政委盛元忠、参谋长古远兴、政治部主任向前等师常委，他们已经不是第一次坐在一起讨论哑巴的事了。

见人到齐了，刘辉山很直白地说："既然现在已经实行军衔制了，我们也该给哑巴一个明确的身份了，他就一个人，又聋又哑的，我们总不能让他回四川老家啊！他为师里作出了贡献，我们师就得管他一辈子，也得对得住他。"

张廷桢接着说："别看哑巴做的事都不是什么惊天动地的事，但是部队日常生活中不可缺少的事，打个很简单的例子，比如，在延安的时候，能缺水吗？不能缺。哑巴整整担了10年的水，解决了多大的生活问题啊！再说啦，哑巴这人到底怎么样，大家心里都清楚。"

大家都纷纷点头。

"我看，一定要给他定为干部，级别不一定要特别高，但定为干部，至少他以后的生活就有了基本的保障，也算是组织对他的一种回报嘛！"刘辉山说。

张廷桢说："我建议，先给他定个排级，向主任你的意见呢？"

"那就定个正排级吧，我马上安排干部科办理。"向前说。

10月下旬的一天，师部举行了干部授衔仪式。哑巴站在了礼堂第一排的中间，当他戴上少尉军衔时，他不停地看着、摸着自己的军衔，兴奋得脸像他果园里的红苹果一样通红。

## “授勋章和奖章是对哑巴革命人生的肯定与评价”

### ——哑巴被授予三级八一勋章和八一奖章

师里授完军衔后，又立即对参加过革命战争的同志进行勋章和奖章的授予。

根据总部颁发的条例规定，勋章、奖章均分为“八一”“独立自由”“解放”三种，勋章每种分一、二、三级，奖章不分级。具体情况如下：

（1）八一勋章和八一奖章：授予土地革命战争时期（1927 年 8 月 1 日至 1937 年 7 月 6 日）参加革命战争有功而无重大过失的人员。一级授予当时的师级以上干部；二级授予当时的团级和营级干部；三级授予 1935 年 10 月 20 日前参加中国工农红军第一方面军，1936 年 9 月 30 日前参加中国工农红军第二方面军和第四方面军，1935 年 9 月 30 日前参加陕北红军和红军第 25 军，1937 年 7 月 6 日前坚持各地游击战争和参加东北抗日联军的连级以下人员。八一奖章授予在 1937 年 7 月 6 日前参加中国工农红军的上述人员以外的人员。

（2）独立自由勋章和独立自由奖章：授予抗日战争时期（1937 年 7 月 7 日至 1945 年 9 月 2 日）参加革命战争有功而无重大过失的人员。一级勋章授予八路军时的旅级和相当于旅级以上干部，新四军时的支队级和相当于支队级以上干部，1945 年 9 月 2 日前在八路军、新四军和抗日游击队中相当于军级的纵队和新四军师级以上干部；二级授予当时的旅级、团级及其相当干部；三级授予当时的营级、连级及其相当干部。独立自由奖章授予参加八路军、新四军或脱产参加中国共产党领导的抗日游击队两年以上，或参军虽不满两年，但因作战负伤致残的排级以下人员。

（3）解放勋章和解放奖章：授予在解放战争时期（1945年9月3日至1950年6月30日）参加革命战争有功而无重大过失的人员。一级授予当时的军级以上及其相当干部；二级授予当时的师级及其相当干部；三级解放勋章授予当时的团级、营级及其相当干部。解放奖章授予当时参加中国人民解放军两年以上，或参军虽不满两年，但因作战负伤致残的连级以下人员。

当时，不论是授衔，还是对勋章、奖章的评级都相当严格。根据总部颁发的条例规定，师政治部门对参加过革命战争的同志进行了认真审核把关，然后进行评论，哑巴自然也在讨论范围之内，他也是1935年参加革命工作的红军。

刚开始评选的时候，师干部科有个干部说，哑巴反正是个聋哑人，又当不了领导，任不了职，评了这些没有啥用，还不如给他来些实惠的，发点儿钱什么的。

这话不知怎么传到了政委张廷桢耳里，他立即对那个干部进行了严肃的批评。

张廷桢生气地指着那个干部的脸说："你是个狗屁干部，还是管干部的干部。"

不容那个干部说什么，张廷桢接着批评道："授勋章和奖章就是为了仕途吗？错了，小伙子，授勋章和奖章是对哑巴革命人生的一种肯定与评价……"

听着张廷桢的批评，那个干部理亏地低下了头。

经过师干部科的评选，师组织部门给哑巴申报了三级八一勋章和八一奖章。这在当时来说虽然不是很高的级别，但已经足够了，已经足够证明哑巴的革命人生，足够证明哑巴几十年来的工作了。

授予哑巴三级八一勋章和八一奖章的当天晚上，哑巴兴奋得不能入睡，他拿着闪闪发亮的勋章和奖章，左看右看，看完又用手掂量，似乎在掂量这东西到底有多重。直到下半夜，战友们看到，哑巴又悄悄地把这两枚勋章和奖章，放进了他那个贴身的布口袋，与红军八角帽、红领章、八路军帽徽，还有那五枚银元，一同成为"荣誉室"的宝贝。从此，在哑巴的生活当中，又多了几个与他同枕入睡的贴身"朋友"。

哑巴成为中国人民解放军正排级军官，又被授予了八一勋章和八一奖章。此时，师领导考虑到哑巴的工作与生活性质，还将哑巴放在司令部统一管理，不过他的档案已经由管理科转入了干部部。由于此时我军已经由供给制改为了薪金制，干部按照级别领取薪金。哑巴的级别评定后，给他发工资自然提上议事日程。

当时军官的工资虽然不高，但毕竟每个月都有一点儿。开始的时候，哑巴都到管理科会计那儿领取工资。领了工资后，哑巴还是将钱放入最贴身的那个布口袋里，后来时间长了，由于里面放的东西多了起来，哑巴的腰间变得鼓鼓囊囊。别的干部发了工资，要么就买些穿的、吃的，要么就寄给家里的父母，或者是老婆孩子，反正有的是地方花，但细心的谢管理员发现，哑巴就不一样了，他领的那些工资，放在那个布口袋里完全没动过。哑巴没有与家里联系上，也没有成家，所以他无处可寄。特别是哑巴历来朴素，从不乱花一分钱，发了新服装舍不得穿，塞进包里，宁愿穿旧的。虽然离商场很近，但他极少到商场买东西。

谢管理员想，哑巴舍不得花钱，也没亲人寄，放在身上挺不安全的，还不如由会计室替他保管，等到他找到亲人，或者是成了家后，再给他拿出来，另外这样还绝对安全。谢管理员把这一情况和想法向参谋长古远兴做了报告。

古远兴对谢管理员的这个想法很赞赏，说："小谢，这个想法很好，你再征求一下哑巴本人的意见，如果他同意，就按这个意见办。"

开始的时候，谢管理员有点儿犯嘀咕，在谢管理员的印象中，哑巴一直把钱看得非常重要，就拿那五枚银元来说吧，还是长征路上发的，到现在还当宝贝一样供着。但让谢管理员感到十分意外的是，当他比画着把这个想法告诉哑巴时，哑巴不仅没有反对，反而笑着伸出了大拇指，夸他这个主意好。这样，哑巴的工资一直由管理科会计室保管着，直到他去世。

## 四川寻亲记

革命胜利了，全国基本上解放了，就连朝鲜战争都结束了，全国人民正儿八经地进入了和平年代。和平年代充满着鲜花的芬芳，和平年代充满着灿烂的阳光。此时，全军许多参加革命工作多年的指战员们想到了故乡，离开一年、二年、三年……甚至十几年、几十年的故乡。其中大多数军人因为多年来参加革命，打日本鬼子又打国民党军队，还剿匪，耽误了找媳妇。于是在全军涌现了大规模找媳妇的活动，30 多岁、40 多岁，甚至 50 多岁的英雄们，纷纷抱上了十八九岁的小姑娘。

师领导考虑，也该是让哑巴回老家看看的时候了。但让哑巴探家可不像让其他官兵那样，假一批，背个包，带点儿北京的土特产就可以走人。哑巴天聋地哑，一是根本无法与人交流，二是几十年过去了，大渡河一带也已经是物是人非了，能不能找到自己的家还得另说了。

担任这一任务的还是谢管理员。

1956 年春，哑巴又与谢管理员一起，背上行军包，坐上了南下的火车。哑巴忘不了，两年前的这个时候，他与谢管理员是坐上北上的火车，今天又在同一个火车站坐上了南下的火车。哑巴这次没有表现出上次的惊奇与新鲜。相反地，还表现出了少有的沉思。

车厢里，哑巴坐在靠窗的座位上，注视着绿油油的华北大地。他后背紧贴着座位的靠背，两手交叉在一起。他在思索什么呢？应该是故乡。这次他是回故乡，他心里想的肯定是故乡，故乡的人和事，故乡的亲人们，大渡河、夹金山，还有在大渡河边被红军抓起来的情景。有几个坐在哑巴身边，而且懂部队军衔的乘客感到十分奇怪，这又黑又矮，还一脸麻子的老头怎么才是个少尉军衔，应该是个戴少将军衔的年龄啊，甚至有个人还说："这老头是不是神经病，在哪儿偷了解放军的军衔戴在了肩上，哪有这么老的少尉啊！"要不是同样身穿着军装，并且戴着上尉军衔的谢管理员坐在哑巴身边，那些乘客真会把他当神经病看待。其实，用军人的标准来衡量哑巴，他穿上这身军装确实有些滑稽，说得不好听，就是有点儿损解放军的形象。

当火车进入南方境内时，沉默的哑巴又开始活跃起来了。他生怕看不清车窗外的那山那水，那翠绿的树林，那典型的南方建筑，那阴雨连绵的天气。可能，他找到了故乡的影子，找到了童年的往事。

经过五天五夜的长途奔波，哑巴与谢管理员终于到达了大渡河边的泸定县城。在旅社住下后，谢管理员并没有急于找当地的民政部门，而是带着哑巴去了大渡河边。

春天的大渡河正是活跃时期，咆哮混浊的江水击打着河堤。哑巴站在河堤边，默默地注视着河里的一切，有从上游流向下游的河水，还有河水捎带的各种物品，有树木，还有各种动物尸体。谢管理员什么也没有说，他静观着哑巴的脸色，看他是否在这里找到了儿时的记忆，故乡的影子。但，站在河边的哑巴除了沉默还是沉默。

谢管理员已经忍耐不住了，他比画着对哑巴"说"，你还记得自己的家吗？你还记得自己的亲人吗？

哑巴表情凝重地看着大渡河周围的一切，以及远处那高耸入云的夹金山。或许他的思绪回到了20年前，他与政治保卫大队的指战员们爬雪山过草地的情景。哑巴没有回答，面部表情也没有任何变化。

谢管理员只得带着哑巴回到旅社。

第二天一大早，谢管理员又带着哑巴来到泸定县民政部门。民政部门的干部见是首都来的军官，非常重视，不仅把他们接到县政府招待所住下，还带着他们到茫茫名录中寻找。但这如同大海捞针，哑巴这个名字是他加入红军时起的，又怎么能从名录中找到这个名字呢？

即便如此，谢管理员还是没有放弃，他觉得来四川一趟不容易，再说这对于哑巴来说具有非凡的意义，于是他又带着哑巴先后来到康定、天全、宝兴几个县，但都一无所获。这当中，有不少人听说哑巴寻亲找到了民政部门，有的说家里曾经有个哑巴兄弟，有的说家里曾经有个哑巴儿子，有的说家里曾经有个哑巴父亲，各种各样的说法都有。但让哑巴认亲的时候，他都一一摇头否定了。

准备起程回京的时候，谢管理员再次带哑巴来到大渡河边，但哑巴还是沉默无语。谢管理员看着哑巴那凝重的表情，也在为哑巴难过。谢管理员想，哑巴的亲人很有可能早就不在人世了，他只不过是个流浪的哑巴，也有可能是因为他天聋地哑，父母从小就把他遗弃了，说不定他这一辈子也不愿意见到自己的亲生父母，不愿意再回到那个生他的地方。总之，哑巴的过去，可能是不幸的。

谢管理员相信：哑巴这次到大渡河边虽然没有找到自己的亲人，但他的心灵肯定受到了极大的震撼。

回到北京后，师领导都对哑巴没有找到自己的家和亲人而遗憾。根据师领导的意见，谢管理员又联系了海淀聋哑学校，找了一个哑语老师。哑语老师试着用手语与哑巴交流，但哑巴根本就不懂，无法从他的举止中得到任何有关他家乡和亲人的信息。

## 果园“保卫战”

到 1956 年夏天，哑巴经营的果园里许多树都成器了，长得有人那么高了，甚至有的还结上了果子。虽然哑巴的皮肤更黑了，但哑巴看着挂满枝头的果子，脸上像开放的花儿一样。他轻轻地抚摸着果子，就像对待自己的孩子一样。

果园里有了果子，自然吸引了家属院里的孩子们。孩子们一放学，就围着园子转，他们不折腾几个果子下来是绝不罢休的。哑巴明白孩子们打的什么主意，于是盯得更紧了，一天到晚除了到饭堂打三顿饭，以及晚上睡觉，他几乎把所有的时间都浸泡在果园里。要是遇上哑巴有事，或者是打饭的时间，孩子们就会见缝插针一窝蜂地跑到果园里。等哑巴赶到时，孩子们又一窝蜂地跑了，还大声地叫着“哑巴，哑巴”来庆祝他们的胜仗。

哑巴一看掉在地上的果子以及树叶，伤心极了，急得“嗷嗷”叫。有时候，他还会去追那些孩子，但是孩子们跑得像兔子一样快，哑巴都是 50 多岁的人了，很难抓住他们。

由于果园四周没有围墙，哑巴只得寸步不离地围着果园四周转，特别是孩子们放学、放假的时候，他就会更加警惕。

为了不让孩子们随便偷摘果子，他试图比画着告诉孩子们，这果子是公家的不能摘。但孩子们哪会明白哑巴的一番苦心。

孩子们特别聪明，总是跟哑巴进行各种各样的斗争，还特别讲究战术，真不愧是军人的孩子。他们用得最多的就是调虎离山之计。他们一般分成两拨或是三拨进攻，第一拨大一点儿的孩子假装到果园里摘果子，把哑巴吸引过去，然后他们拔腿就跑，跑的时候还一边大声地叫着“哑巴，哑巴”，用激将法激怒哑巴，气急败坏的哑巴就会一个劲地追赶这拨大一点儿的孩子。于是另两拨出发了，他们在果园里大摘果子，把果园闹翻天后，满载而归。

7 月，红通通的桃子挂满了树枝。哑巴来回走着，看到哪儿有果子掉了，就会立即捡起来，送给那些站在果园四周，还流着口水的孩子们。孩子们也学乖了，他们拿到果子后，也冲哑巴伸大拇指。哑巴自然高兴，做了一个吃果子的样子，叫他们吃。

一天，上级首长到师里来检查，管理科的马参谋带着两个战士，没跟哑巴打招呼，走到果园里就摘起桃子来。哑巴从另一边转了过来，看到马参谋他们正在摘桃子，跑了过去，“嗷嗷”地叫着，把马参谋拉了出来。

马参谋比画着说，摘果子是招待上级首长。

哑巴指了指自己，意思是说，招待首长也得和他打个招呼。

马参谋没把哑巴说的当回事，还要进去摘桃子。

哑巴不干了，他从地上拿起一块砖头，扬在手中，要打人。

马参谋一看哑巴生气了，知道情况不妙，立即叫另两个战士也停止了采摘桃子。

这时，古远兴参谋长刚好打这儿经过，他比画了两下。哑巴点了点头，这才让马参谋他们摘桃子。

古远兴训斥马参谋说：“基本的常识都不懂，这片果园是哑巴管理，摘果子时就得经过他允许。”

马参谋低着头说：“是，首长，下次一定跟哑巴打招呼。”

后来形成了一个不成文的规矩，不管师里哪位领导批准来摘果子，摘果子的人首先得通过哑巴这一关。

## “想要什么，就让他拿什么，该过秤的过秤，记上账，年底统一结”

### ——哑巴成为翠微商场里的军队名人

由于哑巴不会说话也听不见，所以管理科就让会计室保管哑巴的工资，他需要花钱的时候直接从会计那儿领。特别是他去商场的时候，很难与售货员进行沟通，他比画半天，售货员也不知道他到底在说些啥。

翠微商场距离师部办公楼不到百米远，那里是当时北京规模较大的商场之一，商品多种多样，丰富多彩，里面不仅有购物区，还有餐厅。闲了的时候，哑巴也会到里面溜达溜达。由于他常去，与商场里面的售货员都熟了，知道他是师部的哑巴，对他也就无所顾忌。

一天，哑巴在里面逛着逛着，在一个柜台前停了下来，他盯上了一只浅绿色的牙刷。

哑巴示意售货员，把牙刷拿出来给他看看。

售货员没有多想，把牙刷拿给了哑巴。

哑巴拿了牙刷，左看看右看看，还放在嘴里刷了刷，急得售货员直跺脚。让售货员没想到的是，哑巴竟然朝售货员做了个鬼脸，然后乐哈哈地拿着牙刷头也没回地走了。

由于售货员在柜台内，出来需要绕过长排的柜台。售货员急了，一边向柜台外跑，一边大声叫着：“别让哑巴跑了，别让哑巴跑了，他拿了商场的牙刷！”

但哑巴哪听得见售货员的叫声，他大摇大摆、快步流星地走出了商场的大门。

商场与师部大院连着，哑巴出了大门，就进了师部大院的门。

那个售货员追了上来，但大门哨兵把她挡在了大门外。

大门哨门礼貌地对售货员说：“同志，请出示证件！”

售货员焦急地把情况说清楚后，大门哨兵把这一情况向管理科汇报了。

管理科的谢管理员急忙跑到大门口，气喘吁吁地对售货员说：“售货员同志，对不起，哑巴他不会说话也听不见，随便拿了你们的东西，给你们添麻烦了。”

随后，谢管理员把那个牙刷的钱给付了。

回到机关大楼，谢管理员就把这一情况向参谋长古远兴汇报了。

古远兴听了谢管理员的汇报后，思索了一下说：“我看这么着，反正他也花不了多少钱，再说他工资不都是你们会计室替他保管吗？”

谢管理员不解地问：“参谋长的意思是？”

古远兴说：“哑巴到了商场想要什么，就让他拿什么，该过秤的就让售货员过秤，记上账，年底统一结账不就完事了。”

谢管理员想了想，脸上露出了笑容，说：“这个办法好，那我就跟商场的人说去。”

古远兴说：“你跟他们商场的领导说一下，看他们是什么意见。”

谢管理员说：“是！”

谢管理员退出了古远兴的办公室，直奔翠微商场。谢管理员找到了翠微商场的马经理。马经理是个40开外的中年男子，天生爱开玩笑。他笑着对谢管理员说：“我们倒没什么意见，你们就不怕我们多记了？”

谢管理员也来了个将计就计，说：“我们还怕你们售货员记性不好，哑巴拿了东西，忘了记账呢。”

马经理说：“没问题，军民鱼水情，尽管让哑巴同志来拿商品吧，真要忘了记账，就当慰问哑巴了。”

哑巴成了师部大院在翠微商场首开先河之人，他可以在商场里挑商品，而“不用付钱”。一时间，哑巴在翠微商场的名声大起。许多售货员看到哑巴来了，就一个劲地介绍自己的商品，动员他买。但哑巴一般只是看看，即使买，无非

「想要什么，就让他拿什么，该过秤的过秤，记上账，年底统一结」

也是买些牙膏牙刷之类的日常生活用品，大件的东西他从不买。

1957年有一段时间，哑巴去翠微商场的频率特别高。商场的工作人员发现，哑巴特别爱往售货员刘姐那儿去。刘姐个子不高，已经40多岁了，扎着两条长长的辫子，丈夫前年患肺结核去世了。

刘姐人特别热心，只要顾客来了，她就满脸笑容。

哑巴到了刘姐那儿，刘姐就带着他看这看那儿的。刘姐又特别会比画，她比画的，哑巴大多都明白。

哑巴经常来，与刘姐也就混得特别熟。刘姐也没有把哑巴当外人，而是把他当成了商场里的一位工作人员，甚至是自己的兄长。有时哑巴还悄悄地摸着刘姐的辫子，刘姐也毫不在乎，任他摸。

后来，刘姐调到其他商场工作了，好长一段时间哑巴每天在刘姐曾经工作的柜台边转来转去。

再后来，哑巴因为在翠微商场买的手表不走了，与商场售货员发生了一点儿小矛盾。那是一个星期日下午，冯景祥和干部科的小李两人到翠微商场转悠，正走着，突然听到前面有吵闹的声音。冯景祥和小李走了过去，看到是哑巴正“嗷嗷”地冲着售货员发脾气，售货员一副很无奈的样子。好在翠微商场的人都认识哑巴，也了解哑巴，所以没往心里去，就哑巴一个人在那里“嗷嗷”地叫个不停。

冯景祥和小李走了上去，售货员忙上前解释说：“前几天，你们哑巴在我们这儿买了一块手表，是上弦的。由于他没有上弦，手表不走了。但他非说这表坏了，要我们赔。”

冯景祥和小李一听，笑了。

冯景祥从哑巴手里拿过手表，给它上了上发条，表又走了。

冯景祥拿给哑巴看，哑巴显得特惊奇，摇了摇，再看，还走，哑巴也笑了。

哑巴向冯景祥伸出了大拇指。

走的时候，哑巴当着售货员的面，指着自己，伸出小拇指，算是道歉。

售货员笑了，也朝哑巴伸出了大拇指。

## “只要师里有文艺汇演都要通知他看”

### ——哑巴是个超级戏迷

哑巴喜爱看节目，在师部大院也是出了名的。1935 年 6 月，中央红军和红四方面军合会举行联欢会时，他就认真地看了那场叫作《烂草鞋》的戏剧，那一幕在他心中留下了难以抹去的记忆。

由于哑巴听不见，也不会说，所以他只要看到部队集合往礼堂去，也会跟着进去。哑巴总是坐在前排的中间位置。看电影之前，部队总是要拉几分钟的歌，哑巴就会带上一张解放军报，或者其他报纸看。他不识字，根本就看不懂，就模仿一些干部，拿在手里装着看报纸的样子，但是让官兵们哭笑不得的是，他经常把报纸拿倒了。后来有人告诉他，把人像拿正了，就是正确的看报姿势。哑巴记住了，从此再也没有把报纸拿倒过了。官兵们发现了一个很重要的细节，要是哑巴发现是领导来开会，或者是进行动员或教育什么的，他就会主动地悄然撤离。

1959 年 6 月的一天，正在果园边看守果园的哑巴看到直属队又集合向礼堂走去。哑巴以为礼堂又有节目，于是他小跑着来到礼堂。来到礼堂，哑巴又坐到了第一排的正中间，拿着一张解放军报像模像样地“看”了起来。这次，礼堂里的歌拉得更厉害了，此起彼伏，一浪高过一浪，官兵们的士气格外高昂。

今天卫戍区司令员吴烈要过来进行一个动员教育。在现场组织指挥的军务科参谋没说哑巴，谁也不会说，因为他们知道，当哑巴发现是开会时，他会自动习惯性地离开。

礼堂里的官兵们照常像平常看电视看节目一样，使劲地拉着歌。但是这次哑巴没有等来电影，也没有等来节目，等歌声停止后，他发现台上的座位上坐满了领导，有师里的，还有一些不认识的，是开会。

突然，哑巴“嗷嗷”地叫了起来。哑巴看见了一个熟悉的身影，是老队长、老团长吴烈。

吴烈也看见了哑巴，冲他笑，并扬了扬手。

哑巴直接从台下爬了上去，与吴烈紧紧地抱在了一起。

哑巴比画着问吴烈，怎么今天到这儿来了。

吴烈比画着告诉哑巴，他调到卫戍区当司令了。

哑巴朝吴烈伸出了大拇指。

原来，1959 年 1 月 22 日，国防部下达了命令，撤销京津卫戍区，改设北京卫戍区，统一领导指挥北京市的警卫工作，哑巴所在的师改称中国人民解放军警卫师，划归北京卫戍区建制领导。让吴烈担任第一任卫戍司令，党中央、中央军委是作出了充分考虑的，因为吴烈是一位经验丰富的老警卫工作者了，且经受住了多年的考验。让他担任卫戍区司令再合适不过了。于是吴烈从中国人民解放军总参谋部警备部副部长的位置调到了卫戍区担任司令员。

虽然哑巴已经记不起，这是他与吴烈司令员的第几次分离聚合了，但他感觉特别高兴。

哑巴与吴烈见了面后，就从后台出了礼堂，看他的果园去了。

这时，吴烈先把开会的事搁到一边，问起哑巴的事来，他问师长刘辉山：“哑巴同志现在身体还行吗？”

刘辉山说：“基本上还可以，只是心脏不太好，还有点高血压。”

吴烈说：“哑巴现在还在炊事班工作吗？”

刘辉山说：“进城后不久，就没让他在炊事班干了，现在负责看管大院西边的那片果园。”

吴烈说：“哑巴是个有个性的人，再说啦，他一肚子的话憋在肚子里说不出来，也确实难受啊！有点脾气情有可原嘛！你们平常要多照顾点儿。”

刘辉山说：“请首长放心，我们会全心全意地照顾好哑巴的。”

吴烈说：“对了，找到哑巴的亲人了吗？”

刘辉山摇了摇头说："没有，前几年也派人带着他回过一趟四川，但没有任何结果。"

吴烈叹了口气说："唉，要是能找到他的亲人多好啊！"

刘辉山说："请首长放心，我们不会放弃任何线索，我们会尽力寻找哑巴的亲人。"

吴烈说："不管能否找到，都要好好照顾他。对了，哑巴这人爱看节目，只要师里有文艺汇演都要通知他看，当年中央红军和红四方面军合会举行联欢会时，他就看了戏剧《烂草鞋》。"

……

## 五块银元丢了后

自从哑巴经营果园后，管理科就在办公楼三楼给哑巴找了一间单间。直工科干事冯景祥与干部科的小李住在他隔壁，住在隔壁的还有机关里的几个打字员和公务员。

哑巴的房间里特别简单，一张硬木板床，一把马扎，从外面捡的一块大木板，连张桌子都没有。木板上放着一个行军包，包里放着历次部队发的服装，哑巴舍不得穿，都塞到了这包里。这个包也就是哑巴的全部家当了。管理科本来要给他一张桌子，可哑巴比画着“说”，自己连字都不会写，要桌子没用。

哑巴的房间虽然简陋朴素，甚至简陋朴素得让人感到可怜，但他却非常满足，也非常爱干净。他房子里总是窗明几净，地面拖得锃亮，他还在墙上糊上纸，贴上好看的画报，甚至把那些印有漂亮姑娘的画报都贴在了墙上。没事的时候，他也会瞅着这些画报发呆，有时一发呆就是几个小时，不知道他在想些啥东西。

刚开始的时候，哑巴要是遇到战友总是邀请他们到他屋子里坐坐、看看。要是果子成熟的季节，他那木板上总是摆满了从果园里捡来的果子。哑巴毫不吝惜，一人一个。

有一天，哑巴从果园里回来后，突然在屋子里大声“嗷嗷”地叫了起来。冯景祥和小李不知道发生了什么事，急忙跑过去。

哑巴显得特别焦急，他掖着冯景祥的手，要他看他的行军包。冯景祥看到，哑巴的行军包被拉开了，里面的东西也被翻得乱七八糟的。

冯景祥比画着问哑巴，丢东西啦?

哑巴比画着“说”，那五枚银元不见了。

冯景祥感觉奇怪，哑巴不是一直把那五枚银元放在布口袋里吗?怎么会丢呢?

哑巴看着冯景祥不能理解，十分着急，“嗷嗷”直叫，他比画着“说”，中午洗澡时，他把布口袋放在了行军包里。哑巴又把布口袋拿给冯景祥看，三级八一勋章和八一奖章还在，红军八角帽、红领章、八路军帽徽也在，唯独那五枚银元丢了。

冯景祥知道，哑巴把这五枚银元珍藏了几十年，他已经把它们当作了自己的宝物。那是哑巴在红军时发的，他本来有六块银元，其中一块在 1943 年送给了熊健，所以只剩下五块了。

哑巴比画着告诉冯景祥“说”，偷银元的家伙应该被抓起来。

冯景祥带着哑巴把这件事反映到谢管理员那儿去了，但查来查去也没有查出什么名堂来，最后也就不了了之。

从此以后，哑巴就多长了一个心眼，不让一般的人进来，除了像冯景祥、小李他们这样关系特别好的几个人外，其他人一般都是拒之门外，即使是领导也不让随便进。

冯景祥、小李与哑巴的关系相当不错，可以自由出入哑巴的房间，有什么事，哑巴也总是叫他们帮忙，每天哑巴看完果园回来，总是把那些掉下的苹果和桃子捡了回来，分给他们吃。冯景祥发现了一个细节，哑巴送给他们吃的果子都是好的，留给自己吃的果子都是快要烂了的，或者是已经烂了的，即使都没烂，也是别人吃大的，小的留给自己吃。冯景祥不禁对哑巴多了一份敬畏，还多了一份好奇。一次，他跟着干部科的小李一起到档案室翻看了哑巴的档案。让冯景祥更加惊奇的是，哑巴的档案如此简单，简单得如同一张白纸：

姓名：哑巴。

出生年月：30 岁左右。

籍贯：四川一带。

入伍年月：1935 年 6 月。

部职别：国家政治保卫大队三队炊事班炊事员。

其他应该填的项目均不详。

冯景祥与哑巴偶尔也发生一些不愉快的事情。

开饭的时候，哑巴总是把饭打到宿舍吃，有时吃不完了，他就用盖子盖好，放在木板上，到了下一餐，他不去饭堂打饭，就吃上一餐剩下的。开始冯景祥对哑巴的这一举动看不惯，也想不通。冯景祥曾比画着对哑巴“说”，现在不像打仗的时候，有饭吃了，剩下的饭都凉了，吃了对身体不好。但哑巴置之不理。有一次，冯景祥实在是看不过去了，在哑巴吃饭之前，将剩饭倒了。这下可把哑巴惹急了，他随手拿起扫把冲着冯景祥打来。冯景祥躲闪不及，被重重地打了两下。为此，他们还好几天见面不打招呼。

还有一次，他们在活动室打乒乓球，哑巴先是拿着抹布擦窗台，然后又拿着鸡毛掸子打扫墙壁上的灰尘。由于哑巴个子矮，打扫起日光灯上的灰尘十分困难，搭个椅子还得踮起脚尖。由于用力过猛，鸡毛掸子碰到了灯管，“啪”的一声，灯管掉了下来，砸得粉碎。

这声音正好被从外面经过的直工科长听见了。

直工科长走了进来，问冯景祥：“这灯是谁弄坏的？”

冯景祥指了指哑巴。

直工科长听说灯管是哑巴给弄坏的，也就没再说什么。

哑巴知道冯景祥向科长告了状，十分生气，等直工科长一走，他拿起鸡毛掸子要追着打冯景祥。

冯景祥知道跟哑巴“斗”没有什么好下场，于是跑得远远的。

## "给哑巴找个伴"

### ——哑巴的情爱观

人都有七情六欲，哑巴也有，他想有一个温馨的家。每次有女子从果园边经过时，哑巴也会久久凝视。可能他在想，要是找个这样的媳妇就好了。

1965 年初秋的一天，天高气爽。哑巴看着满园的苹果，心情也像红苹果那样在微风中摇曳着。满园的丰收景象，不仅吸引着师部家属院的孩子们，还吸引着那些初来乍到的来自五湖四海的家属们。

一个刚从南方来到部队的家属，感觉待在屋子里无聊，于是来到那片美丽的果园里转悠。这个家属年轻，长得又漂亮，还留着长长的辫子，是个典型的江南女子。她一边走着，一边被这满园的秋色吸引着。

年轻家属的一举一动都在哑巴的注视之下，他坐在一棵苹果树下，仔细地端详着年轻的家属，特别是他的目光，长时间停留在那长长的辫子上。

当哑巴从地上站起来时，年轻家属被吓了一大跳。她感觉很奇怪，怎么这里坐着一个又矮又黑又胖的老头啊?

年轻的家属惊叫着离开了果园。年轻的家属跑了，却勾起了哑巴对美好爱情的向往。当天下午，哑巴就来到了家属委员会的办公室，找到了主任魏经珍。

魏经珍是副政委陈杰的夫人。

陈杰是师里的老八路，1938 年 1 月参加革命工作，同年 3 月加入中国共产党。抗日战争时期，任冀中人民自卫军特务团战士、班长，冀中军区第 3 纵队第 9 支队第 27 大队连政治指导员、第 3 军分区政治部除奸科干事，第 8 军分区司令部侦察队队长、第 2 股股长。解放战争时期，任冀中津南军分区司令部第 2 科科长、军分区卫生部政治委员。新中国成立后，任河北军区邢台军分区干部科科长，河北省公安总队干部处处长、干部部副部长。1956 年 2 月调任到师当干部部长，后来又当政治部副主任、主任，副政治委员。

家属委员会主任魏经珍也是哑巴的老熟人了，彼此之间十分了解，只要哑巴稍稍比画，她就能知道哑巴心里想些啥。

哑巴跑到魏经珍的后面，拍了拍她的头，然后跑到前面比画着一条长长的辫子，接着哑巴又用手指了指自己的心。

魏经珍十分惊奇，天聋地哑的哑巴居然能找到她，并且提出如此问题，这是她始料未及的。

魏经珍比画着告诉哑巴，我会把你的要求向组织反映的。

哑巴出门的时候，朝她伸出了大拇指。魏经珍心里乐开了花。

第二天吃过早饭，魏经珍像喝了蜜一样高高兴兴、风风火火地来到了政治部，直接敲开了政治部主任辛哲办公室的门。

辛哲一看是魏经珍，停止了手中的活，说："魏主任，请坐，请坐。"

辛哲知道，魏经珍来这儿，都是家属的事，一般都是些难缠的事。

魏经珍笑着说："辛主任挺忙的！"

辛哲客气地说："瞎忙！"

两人寒暄了一阵后，魏经珍把话引到了主题上："辛主任，我向你反映一个情况。"

辛哲吸了口烟，很自然地说："魏主任请说。"

魏经珍说："能不能考虑给哑巴找个伴啊！人家都一把年纪了，一来好照顾照顾他，二来也可以了却人家的一桩心愿啊！"

辛哲一听，笑了。

魏经珍看了辛哲的表情后说："不行吗？"

辛哲说："部队刚进京的时候组织上就考虑过，也找过，但都没成，看不上他，嫌他是哑巴，看得上的，也是冲着他一个月几十块钱的工资来的，有谁会真心实意地跟着他、照顾他啊！但话又说回来，真有人愿意与哑巴结合当然是件好事。"

魏经珍说:“那是,但哑巴有这个要求啊。昨天他上居委会去了,比画着还要找一个留长辫子的女子呢?”

辛哲笑着说:“这哑巴还真有两把刷子,竟然把魏大主任都惊动了。不过我认为,找就要找真心实意照顾他的,要不然,还不如让他在部队享几年清福呢?”

魏经珍点了点头。

魏经珍是个热心肠,后来还真给哑巴物色过不少对象,但就是没有找到合适的。有一个老太太,来过哑巴这儿几次,看到哑巴很抠门,知道从他身上捞不到什么油水,也就自动走人了。给哑巴介绍太年轻的吧,他还不好意思,非得要找个年纪相当的。

师部大院的东边有个幼儿园,这个幼儿园的孩子基本上都是师部干部的子弟。哑巴没事的时候,总爱来到幼儿园的铁栏杆外,看幼儿园的小孩玩儿,有时一看就是个把小时,看得有滋有味的。

每到果子成熟的时候,哑巴总是把那些掉下的果子捡来,送给幼儿园的孩子们吃。哑巴甚至自作主张,比画着要幼儿园的老师带着孩子们到果园里摘果子。后来,幼儿园的老师看哑巴这人实在,对幼儿园又如此关心,就主动给他介绍起对象来。幼儿园里有一个老太太,负责做饭的,她老伴在新中国成立前就去世了。开始的时候,双方都没有什么意见,后来那老太太还是打起了退堂鼓,因为她没法与哑巴交流,与他相处,太孤独太寂寞了。

虽然哑巴与老太太对象没有处成,但他对幼儿园里的孩子的爱却没有变,他一如既往地经常看孩子们,给他们果子吃。

## 吴烈司令员说：“今天是向你们布置一项重要任务”

1970年9月下旬的一天，一辆黑色的高级小卧车快速悄然地驰入了师部大院。

卫兵敬了一个标准的军礼后，立即机警地拨通了值班室的电话。

“我是营门哨兵，刚才卫戍区零一号车进来了，司令好像坐在车上。”

值班员听到这个消息后，立即跑步向师长和政委报告。

师长田占魁与政委张永华立即跑下楼来，随后跟来的还有师里面的其他领导。

车在办公楼门口停了下来，吴烈迈着轻松的步伐走向办公楼。

吴烈的突然到来，让师领导们大为吃惊，吴烈从北京卫戍区第一副司令员升任司令员还不到两个月，不打招呼地到师里，难道有什么重要事情，还是新官上任三把火？师领导们心里都吃不准，这新官真要烧起来可难受啊。

吴烈是1955年的少将，当时在全军是最为年轻的将军之一，才34岁。吴烈1921年10月出生于四川苍溪，12岁那年他参加了中国工农红军，14岁时就加入了中国共产党。土地革命战争时期，他先后任红四方面军第30军第90师第268团战士、班长、排长、团政治处干事。1936年，他进入红四方面军红军大学学习。后来历任红四方面军总部特务团第2营第7连排长、副连长。参加了红军长征。抗日战争时期，他历任绥东游击大队大队长，八路军第115师晋西南独立支队中队长，陈支队第2团副营长、营长，教导第3旅第8团营长，鲁西军区第8军分区昆张地区支队支队长，冀鲁豫军区第8军分区第5团团长。

解放战争时期，历任第二野战军第7纵队第20旅副旅长、旅长，中国人民解放军第18军第62师师长。参加了淮海、渡江、上海、昌都等战役。新中国成立后，1951年，他进入中国人民解放军军事科学院学习。1952年参加了抗美援朝战争，并任中国人民志愿军第12军第31师师长。回国后，他于1954年5月任中国人民解放军机械化第1师师长。随后，他又先后任陆军第40军副军长、军长，1968年调任北京卫戍区第一副司令员。

因为吴烈司令员的到来，师部大院顿时忙碌得成了热锅上的蚂蚁。

田占魁、张永华等小心翼翼地陪着吴烈，生怕说错什么话，或者是什么举动让这个新上任的卫戍司令不高兴。他们来到师部第一会议室。坐定后，吴烈笑着说："我看你们就不要忙碌了，我来之前在干什么现在还干什么，我今天不是来检查，也不是来挑工作上的毛病的，现在首都各项活动较多，你们的警卫工作做得不错，周总理前几天还表扬你们一师了。"

师领导听吴烈这么一说，心里轻松多了。

"今天来你们师，是向你们布置一项重要任务。"吴烈呷了一口茶说。

师领导们的心又吊了上来，对于警卫部队来说，有什么工作比警卫工作更重要的呢？警卫无小事啊！他们都在想着这个问题。

吴烈说："哑巴可是咱们师为数不多的老红军之一，他跟随党中央担了一辈子的水、喂了一辈子的马、背了一辈子的行军锅，为一师是作出了杰出贡献的，这些中央领导人都是非常清楚的。"

师领导们互相看了看，心中不禁高兴起来，敢情是为哑巴的事而来，这也正合他们心意。

吴烈接着说："哑巴同志应该有60多了吧，我入伍时才12岁，听说他入伍时应该是20多了。革命工作了一辈子，也没有成个家什么的，该让他享受享受了，这也符合我们党的政策，关心和爱护老同志嘛。他的工资一个人花肯定是花不完的，平常给他添一些好一点儿的生活用品和家具……不要怕把他的钱花光了，花光了咱们给他出。"

吴烈说的时候，师领导们也不停地点头。是啊！这么多年，哑巴只顾干活儿，却从没向组织提什么要求，组织不说让他享受他是不会主动享受的，他也不知道享受。

最后，田占魁向吴烈保证："请卫戍区首长放心，我们将尽全力，保证让哑巴生活好，安度晚年。”

第二天，师领导开了一个短会，领导们认为，哑巴反正只有自己一人，没有亲人，也没有妻儿，留着钱也没有什么用，干脆让他好好享受享受。怕他年纪老了不方便，便让他从三楼搬到一楼住，并决定让管理科给哑巴房子里添些沙发、席梦思床、桌子、椅子之类的家具。

## 果园被铲平后

虽然管理科给哑巴添了沙发、席梦思床、桌子、椅子之类的新家具，但并没有给哑巴内心带来享受与快乐。

哑巴第一次睡在席梦思床上，怎么睡都感觉不对劲，这床太软了，软得让哑巴心里发毛。他睡了一会儿后，又爬了起来，翻开席梦思的垫子左看右看，怎么看都感觉特别别扭。最后，他把木板上的东西拿下来，抱着被子睡到了硬邦邦的木板上。很快，哑巴就在木板上呼呼睡着了。

第二天，管理科会计室的会计王体学刚一上班，还没有来得及换上军装，哑巴就把他拉到了自己的房间里。哑巴之所以找王体学，一是因为他们之间关系好，二是因为这些新家具都是王体学具体负责买的。

哑巴指了指席梦思床，然后用手压了压，席梦思床弹了起来。随后，哑巴又指了指那张硬木板。哑巴想说，这床没法睡，还是睡木板床舒服自由。

王体学感觉到很奇怪，比画着对哑巴“说”，人家做梦都想睡席梦思床呢，你倒好，有席梦思床，还说睡了不舒服。

由于哑巴坚持要王体学把席梦思床搬走，王体学没办法，在请示了领导后，只得尊重哑巴的意见，把席梦思床给搬走了，把以前那张硬木板床搬了回来。

不久后，一个消息在师部大院传开了：师机关要盖家属楼，正营以上干部都有可能分到房子。这对于机关干部来说，无疑是个天大的喜讯。但这个消息对于哑巴来说，绝对是致命一击，因为这个家属楼就盖在果园上。但没有人跟哑巴说起这事，也没有人敢跟哑巴说，要平他的果园，就等于要他的命。

1970年初冬的一天，哑巴正在果园里转悠。这个时候是哑巴最闲的时候，不需要给果园施肥、浇水，也不担心孩子们到果园里偷果子吃。但果园就是他的家，在这里转悠不需要任何理由。

正走着，几个戴着黄色安全帽的中年男子来到了果园。

见这帮人气势汹汹地直往果园中走，哑巴"嗷嗷"地叫了几声，以示警告。

带头的那个高个子瞟了一眼，看是一个又黑又矮的老头，没当回事，继续朝果园里走去。

为了保持果园内的清洁，哑巴总是用一个铁耙子，耙果园内的树叶和树枝之类的垃圾。见警告无效，哑巴气得手臂上的血管都鼓了起来，他举起耙子，朝着那帮人"嗷嗷"地叫。

这帮人不知道哪儿得罪的这个穿得鼓鼓囊囊的老军人，感到非常迷惑。他们不知道这里是哑巴的地盘。

由于哑巴坚决不让他们进去，那帮人只得无功而返。

第二天一大早，哑巴还是像往常那样向果园走去。突然，哑巴感觉不对劲，他"嗷嗷"叫着直奔果园。果园里大部分的果树都已经倒下了，没有倒下的，有几十个戴安全帽的男子正拿着刀在砍，拿着锯在锯。

跑着跑着，哑巴被脚下的石头绊倒了，但他的"嗷嗷"声并没有停止。他爬起来，继续向果园跑去。哑巴这下摔得不轻，更何况还是60多岁的人了，但他没有顾及那么多。此时，哑巴的心比伤更痛。

果园里，师傅正在热火朝天地砍着果树。哑巴猛跑过去，从一个师傅手中夺过一把锯子，举在手中"嗷嗷"地叫着，他在"说"，谁要再砍果树，就对谁不客气。

师傅们只得停下手中的活。哑巴在凄惨的果园里悲伤地叫着，这叫声里包含着他对果树的感情，更包含着他对革命工作的忠诚与热情。这可是他在和平年代的亲密"战友"啊！"战友"情深，他哪能不心痛呢？

很快，师后勤部营房科的干部来了，并且把跟哑巴关系不错的王体学也叫来了。

看到王体学来了，哑巴"嗷嗷"叫着，冲到他身边，拉着他的手往前走，指着已经被砍下的果树。

王体学知道哑巴心痛，他比画着对哑巴"说"，现在师机关很多干部没房子，师里要盖家属楼了，盖家属楼是好事，是为干部解决实际问题和困难的。

哑巴还是不能接受这个现实，他仍旧“嗷嗷”地叫着。

王体学拍了拍哑巴的肩膀，比画着“说”，你的心情可以理解，但我们要从大局从发，平了果园盖房子，也是为师里做大好事。

……

许久后，哑巴才轻轻地点着头，含泪离开果园。

自从 1954 年开荒种植果树到现在，已经 16 年了。在这 16 年当中，经营果园便是哑巴工作和生活的全部。他十六年如一日地工作着、生活着。

再次下岗的哑巴显得安静多了，不像年轻那会儿，表现得那么强烈。但哑巴也没有闲着，他整天扛着扫帚在机关大院里转着，看到哪儿不干净，他就会去打扫。周末洗澡的时候，他还会主动在门口帮澡堂收票。

与哑巴同住在一楼的政治部打字室打字员小王最近发现了一个新情况，每到晚上 10 点，哑巴就会出门，大概 10 多分钟后才回来，天天如此，也很准时。

那天，小王好奇，想看看哑巴到底在搞什么名堂。原来，哑巴从楼道的一头到另一头，在挨个儿地关灯。当时，楼道里的灯不是感应灯，得要用手开关。有许多机关干部，老是开了灯就忘了关，灯老是整夜整夜地开着。

小王跟到三楼时，哑巴正碰到宣传科的马干事赶完稿子准备回宿舍。马干事正要往楼下走时，哑巴“嗷嗷”地把他叫住了。

马干事感到很奇怪，这么晚了，哑巴还上楼来干啥呢?

哑巴指了指马干事，又指了指他身后。哑巴的脸色很严肃。

马干事朝后面看去，没有什么啊！地面上干干净净的，没有掉什么东西，更没有垃圾。

马干事比画着“说”，啥也没有啊！

哑巴“嗷嗷”地叫了两声，指了指头顶的灯。

马干事顿时明白了，立即转身把灯给灭了。

哑巴朝马干事伸出了大拇指。

# 周总理对吴烈说：你是卫戍区司令，要照顾好哑巴

1971年“九·一三”事件后的一天下午，周总理从南方回到北京。吴烈和卫戍区的其他几位领导到机场迎接。到中南海后，周总理突然想起哑巴来了，于是问吴烈：“哑巴同志还在一师吗？”

周总理这一问，让卫戍区的领导们感到很吃惊，他们相互看了看，既激动又兴奋，几十年过去了，周总理居然还记得在延安挑水的那个哑巴，这无疑也是对一师成绩和工作的一种肯定与关怀。

吴烈说：“总理，哑巴还在一师。”

周总理说：“生活得怎么样？”

吴烈说：“挺好，一师挺照顾他的，给他买了沙发，席梦思床，还住上了单间。”

周总理说：“老同志了嘛，应该享受享受！”

吴烈说：“是。应该享受了。”

周总理说：“他成家了没有？”

吴烈说：“没有。”

周总理说：“可以考虑给他成个家嘛，不一定要孩子，但至少老了有个伴，互相有个照应啊！”

吴烈说：“总理，一师曾经给他张罗过，但都没有成。”

周总理说：“那为什么啊？”

吴烈说："有的嫌他太节约了，有的嫌他没钱；愿意与他结合的吧，又苦于没法与他交流与沟通，所以至今一个也没有成。"

周总理说："这也是个遗憾啊！"

吴烈和其他几位卫戍区领导都沉默了。

最后，周总理指示吴烈说："你是卫戍区司令，要安排一师照顾好哑巴同志，吃的、住的，方方面面都要考虑到嘛！有什么病要及时治疗。他为国家的解放事业也是作出了贡献的！我们不能亏待了这个对国家有功的聋哑人啊！"

吴烈说："请总理放心，我们一定会安排好哑巴同志的晚年生活。"

## “你这个没良心的哑巴，我就是你婆娘啊！”

## ——科学淘汰“寻亲”母女

1972 年初春的一天早晨，北京还处于天寒地冻之中。

这时，师战备值班室的电话响了，是北京市公安局打来的。

“是一师战备值班室吗？我是北京市公安局值班室啊！”北京市公安局值班室的同志说。

“是，我是师战备值班室。有事吗？”师战备值班室值班员说。

“我们接待了两个从四川来北京寻夫和寻父的女同志。老太太六七十岁，她女儿 40 多岁，说她丈夫是个哑巴，现在在北京卫戍部队当官，与她们已经失散多年了。听说你们师有个哑巴，是从四川来的？”

“是啊！我们师是有个哑巴，从四川来的。由于哑巴是在特殊条件下入伍的，没有档案，不知道具体是哪个地区的人。哑巴同志不会说话，不会写字，甚至连基本的哑语都不会，他只能用一些表情和简单的肢体动作来表达。”

“我们认为她们要找的人是你们师的那个哑巴，如果你们同意，我们将进行科学鉴定。”

“我跟师首长汇报一下，再给你去电话，你留一电话吧。”

师值班员立即将这一新情况向参谋长郁良高汇报了。

郁良高听到这个消息，高兴地对值班员说：“让市公安局的同志进行鉴定，如果真是那么回事就太好了。是假的真不了，真的也假不了，真金不怕火炼嘛！”

师值班员从郁良高办公室出来后，立即向北京市公安局挂了个电话。

第二天，一辆警车在师部办公楼前停下。

郁良高接见了北京市公安局的两位同志。

郁良高直入话题：“人现在在哪儿？”

公安局的同志说：“安排在一个招待所住下了。”

郁良高笑着说：“你们是公安，侦察手段高明，肯定有高招啊！这些年来，来找哑巴认亲的人还真不少哩！但大部分是冲着哑巴的钱来的，认为他在部队是军官了，有钱了，又是在首都，都想来认这个亲。”

公安局的同志说：“首长过奖了，我们会尽量做到科学、准确，给你们一个满意的答复。”

随后，郁良高把电话拨到了管理科会计室王体学的办公室。

“哪位？”王体学问。

郁良高说：“小王吧！你过来一下。”

“是！参谋长。”王体学匆忙跑向二楼参谋长的办公室。

王体学进到参谋长办公室，看到有两名警察在里面，吓了一跳，以为自己犯了什么错误。

“小王，这是市局的，有一从四川来的老太太带着女儿，说是来找失散多年的哑巴丈夫，还说她丈夫是北京卫戍部队的军官。”郁良高解释说。

王体学心里踏实下来，也明白参谋长叫他来是啥意思了。

郁良高说：“哑巴跟你关系不错，你带他上市局去认亲和鉴定。”

王体学说：“是，参谋长。”

没多久，王体学带着哑巴与市局的同志钻进了警车。

当哑巴他们到达招待所时，那对母女已经站在外面等候多时了。

老太太六七十岁，自称是她女儿的那女人40多岁。她们个头不高，一副可怜巴巴的样子。

市局同志用简单的手势告诉哑巴，这是来认亲的，如果认识就点头，不认识就摇头。

哑巴走近那母女俩，瞪了一眼，摇了摇头。

与哑巴形成鲜明对比的是，那老太太却大声地哭叫起来：“你这个没良心的哑巴，我就是你婆娘啊！这么多年你就扔下我们娘俩不管了，你怎么对得住我们啊！”

老太太的女儿也跟着哭了起来：“爹，你怎么不认我们啊，这些年娘带着我多么辛苦啊！你现在有好日子过了，怎么就不管我们了啊，我是你女儿啊！我是你亲生女儿啊！”

市局同志对老太太说：“你别哭，我们会进行科学鉴定，给你们一个满意答复的。”

老太太哭得更厉害了，说：“这没心没肺的，他日子好过了，就把我们给忘了，当起了陈世美啊！我以后的日子怎么过啊！”

为了把这个事情搞清楚，市局的同志立即决定把侦察科的同志叫来，对哑巴进行心理上的科学测试。

所谓科学测试，就是由测试人员画一些简单的物体，看被测试者的反应敏感度。

侦察科的同志先是画了一把犁，哑巴看到犁显得特别兴奋。

侦察科的同志又画了一头牛，哑巴看到牛后更加兴奋。

侦察科的同志根据哑巴的反应，定出第一个结论：哑巴种过地，犁过田，并且还相当有经验。由此推测，哑巴当兵时应该是 20 多岁了。

接着，侦察科的同志又给他画了喜字，哑巴无动于衷。侦察科的同志心里有数了。为了判断更加准确，侦察科的同志又画了两个硕大的乳房，哑巴同样无动于衷。随后，侦察科的同志又画了一个婴儿裸体像，哑巴照样无动于衷。

……

经过一番测试，市局的同志下了结论：哑巴有过种地的经验，但没有结过婚，更没有孩子，所以所谓的妻子和女儿都是无稽之谈。

那对寻夫找父的母女见没有达到目的，只好灰溜溜地走了。

# 下篇

## 心脏病突发后

1972 年 5 月 8 日的晚上 10 点多，正准备洗漱睡觉的组织科副科长冯景祥听到了住在隔壁的战士小马的大声呼叫声：“救命啊！老哑巴昏倒了！救命啊！哑巴昏倒了！”

这大声的呼叫通过机关大楼长长的楼道，传向外面的夜空。

冯景祥自从 1962 年调到机关后，就一直住在哑巴隔壁，与哑巴有着深厚的感情。他一激灵，把手中的东西一扔，光着脚丫子，直奔老哑巴的房间。

冯景祥赶到哑巴房子时，哑巴已经倒在地上，口吐白色泡沫。哑巴怕是心脏病发作了，冯景祥想。

冯景祥立即吩咐小马说：“赶紧往卫生所打电话！叫他们火速到机关大楼来，一定要快。”

小马慌慌张张地答道：“是——，科——长——”

冯景祥训斥道：“你慌什么！赶紧去啊！”

小马像兔子一样奔向办公室打电话去了。

听到呼叫的其他官兵都赶了过来，他们把哑巴抬到床上，手忙脚乱地采取急救措施。这可不是一般的昏倒，也不是伤风感冒，更不是皮外伤，这可是心脏病发作啊！

听说哑巴患了急病，卫生所从所长到普通的卫生员，都高度紧张起来，他们连白大褂都顾不上穿，有的甚至顾不上找鞋子，只穿上一双拖鞋，便带上医疗器械，跑向办公楼。

卫生所的军医立即对哑巴采取了紧急治疗措施。随后不久，住在家属院的几个师领导也匆匆赶来了。

此时，公主坟师部大院内灯火通明，官兵们来回穿梭。

治疗哑巴的军医急得满头大汗，因为哑巴的病情不见好转。

卫生所所长立即拨通了师医院的电话。

“是师医院吗，我是师部卫生所啊，老哑巴突发心脏病，病情严重，你们做好治疗的准备，我们马上送人过来。”卫生所所长说。

师医院值班人员说：“好，我们立即准备，全力以赴，你们赶紧送来吧。”

随后，一阵紧急的救护车呼叫声直奔永定路的师医院。走的时候，卫生所所长向政治部副主任王振汉汇报说：“副主任，老哑巴这次恐怕不行了，咱们政治部要做好善后的准备。”

王振汉说：“我们会做好各方面工作的，你赶紧去吧，一定要让老哑巴活过来。”

第二天，哑巴的病情还没有稳定，师医院院长刘书明直奔师部，他敲开了政治部主任陈森办公室的门。

刘书明满头大汗，还没说话，陈森就急不可待地问：“老哑巴的病情咋样了？”

“恐怕危险了。”刘书明喘着大气说。

陈森表情有些严肃，说：“医院不能放弃任何一线希望，不管花多少钱，不管投入多少人力，都要做最大的努力。”

刘书明坚定地说：“是，主任，我们会尽最大的努力。”

陈森说：“我们也会做好两手准备，一方面搞好各方面协调，一方面做好后事的有关准备。”

随后，陈森拨通了副主任王振汉办公室的电话。

“王副主任吗？我是老陈啊！”

“是，我是王振汉，是主任啊！”

“你到我办公室来一下，现在就来。”

“好的，主任。”

陈森与王振汉认为，哑巴为革命工作了一辈子，没有功劳也有苦劳，虽然他没家，也没有亲人，但死了总得有个评价，有个悼词，盖棺定论嘛！于是他们决定，让比较熟悉哑巴，文笔好且又有机关工作经验的组织科副科长冯景祥来撰写悼词。

冯景祥是1958年的兵，当兵的时候在连队当文书，是团里小有名气的笔杆子，后来师部直工科科长发现了他，于是把他从连队调到直工科当见习助理员。

王振汉对冯景祥说："老哑巴活到60多岁，革命了一辈子，该给他写个悼词。"

让冯景祥感到困难的是，在哑巴的档案里翻来翻去，几乎没找到什么关于哑巴的文字资料。为了把悼词写好，为了给哑巴一个圆满的结束，冯景祥于当天下午专程到已经退休的老师长、后任北京卫戍区副司令员的刘辉山首长家里打听有关哑巴的情况。

刘辉山和他的夫人林福贤听说哑巴病重了，感到十分吃惊。

刘辉山坐在沙发上，表情沉重地讲起了这位特殊战友的一些经历。

刘辉山说："哑巴应该是老吴（烈）在四川一带带上的，当时大概是1935年的样子。"

冯景祥虽然听说过哑巴同志是在什么条件下入伍的，但他还是想从首长这里得到更为可信的口碑资料。于是问："首长，您知道老哑巴是怎样入伍的吗？"

这时，林福贤在一旁笑着插了句："说得好是带，说得不好是抓。"

当时，师领导的家属们对哑巴的故事都耳熟能详。

刘辉山说："当时红一方面军经过四川的时候，老百姓由于受到四川军阀多年的残害，见到军队就害怕，形成了一种习惯。红军到了，当地老百姓也以为是军阀来了，以为是来抢他们的，所以都逃命去了，红军所经之地几乎都找不到人，好不容易碰到了哑巴，他还不说话。当时那几个战士也挺横的，见哑巴不说话，以为他是装的，还怀疑他是特务，于是把他带上了。但当哑巴跟着红军走了几天后，发现他确实是哑巴，并且天聋地哑，便想放哑巴回家。但这时哑巴又不干了，他比画着告诉红军，红军这儿有军装穿，还给饭吃，不想走了，想跟着红军一起走。哑巴就是在这种情况下入伍的。长征路上，他负责背行军锅，担炊具。当时的行军锅也有20多斤，加上炊具，大概有100多斤重的担子，一天到晚都是行军，有时还急行军，当挑夫可不是个轻松的活。"

冯景祥说："老哑巴入伍还蛮戏剧性的。"

刘辉山说："刚开始时，应该说哑巴参加革命的动机十分简单与纯朴，但他就是命大，长征中过草地时死了那么多人，他背着行军锅不仅安然无恙，还帮助过不少战友，甚至救过几个战友的命，这也是个奇迹啊。”

冯景祥问：“那后来呢？”

“后来，我就到了中央警备团，先是当营长，后来当团长，再后来又成了公安师师长，我一直都跟哑巴在一起，虽然哑巴脾气不是太好，但他对工作上的事从不打折扣，历来都是任劳任怨。”

冯景祥要走时，刘辉山和林福贤一再嘱咐说：“一定要转告田师长和张政委，要把哑巴的后事办好，他是作出了贡献的。”

冯景祥说：“请首长和阿姨放心，我一定转达到。”

冯景祥回到师部，立即赶写哑巴的悼词。他感到这个责任十分重大，因为他不是一位普通的军人，他是一位有着特殊人生的红军。

历来才思敏捷的冯景祥被难住了。下午过去了，傍晚来到，转眼之间又是深夜。时间不能再等了，假如哑巴去世，这悼词就马上要派上用场了。天渐渐亮了，冯景祥办公桌上烟灰缸里的烟头已经堆成了山。这时，哑巴的悼词草稿也出来了。

## 悼 词

我们怀着悲痛的心情，深切悼念哑巴同志。

哑巴同志生前曾是我师管理科副团职干部，老红军。出生年月不详。由于心脏病突发，住院期间抢救无效，于1972年5月×日×时×分在北京不幸逝世，享年60多岁。

哑巴同志祖籍在四川一带，1935年6月参加红军。参加了土地革命战争、抗日战争和解放战争。参加革命后，一直在部队炊事班工作。长征路上，他不怕艰难困苦，不怕流血牺牲，紧跟部队，奋勇前进。行军途中，不管生活多么艰苦，环境多么恶劣，情况多么危急，他肩挑一百多斤重的担子，从未掉过队，部队一宿营，他就忙着挑水做饭，积极为部队服务。哑巴同志跟随红军，历尽千辛万苦、千难万险，于1936年10月胜利到达陕北。1937年，他被编入中央军委警卫营第三连。后来，中央军委警卫营应毛主席“自己动手，丰衣足食”的伟大号召，抽调人员到南泥湾开展大生产运动，哑巴同志被调去担负为六个中队、七百人供水的任务，他每天到几里路远的地方挑水四五十担，鞋磨烂了，就光着脚坚持挑。他看到机关卫生所的女同志挑水困难，就主动帮着挑，受到大家的赞扬。1942 年 10 月，中央军委警卫营和中央教导大队合编为我师的前身——中央警备团。在延安，哑巴同志负责挑水、烧火、砍柴、喂马。1947 年，蒋胡匪军大举进犯延安前夕，哑巴同志随同中央机关转移到河北省西柏坡，随后参加了卫戍石家庄的任务。1949 年 3 月，他又跟随部队保卫党中央到达北京。部队刚进京时驻在香山，那时哑巴同志虽然身体已有了病，但他仍坚持到泉边担水、运水。到旃坛寺、公主坟以后，有了自来水，吃水再不用人担了，哑巴同志却不肯休息，负责看管果园，他每天在果园内拔草、浇水，发现有人损坏果树时他就及时制止。他在机关看到哪里不干净就打扫，他还主动在澡堂门口收票。哑巴同志就这样一直工作到 1972 年才因年迈多病离职休息。

哑巴同志是我党我军的忠诚战士，在党的领导下，在长期的革命斗争中，在社会主义革命和社会主义建设中，哑巴同志立场坚定，爱憎分明、斗争坚决，为革命作出了贡献。他牢记我党全心全意为人民服务的宗旨，努力工作。今天，我们沉痛地悼念哑巴同志，要学习他无私奉献的高尚品质，学习他不怕苦不怕累、任劳任怨，全心全意为人民服务的精神，把我师各方面的建设工作做得更好。

哑巴同志安息吧！

然而两天后，哑巴同志的心脏病竟然奇迹般地好转了。

哑巴的病虽然好了，但毕竟已经是 60 多岁的人了，加之他患有高血压，工作和生活都存在许多不方便的地方。如何照顾好哑巴，领导想在心头。

## 一台彩电和一台冰箱

### ——哑巴的优裕生活

1972年6月的一天上午，师里的一个办公会上，在讨论完各部呈报的文件后，师长田占魁说："同志们，今天还有另一件事要说一下，就是关于老哑巴的事情。"

听说是关于哑巴同志的事，其他常委都纷纷议论起来。

"哑巴为部队工作了一辈子，没有成家，也没找到家人，也该让他享受享受了。"副师长郭光金满怀深情地说。这个郭光金便是1939年春天入伍，并分配到中央军委警卫营三连，哑巴特别欣赏的那个新兵蛋子。

"给哑巴记功吧！"这时有人提议。

师长田占魁说："立功顶个啥用！我看，哑巴就不要回机关了，给他在医院开个房间，就让他住在医院，让医院好好护理，比啥都实际。"

政委张永华也说："我完全同意师长的意见，像哑巴这样特殊身份的人，不仅在咱们师，就是全卫戍区、全军，恐怕也是唯一的，他最有资格享受。"

当张永华说完这话的时候，常委们竟然鼓起掌来。

田占魁扬了扬手，说："我看就这样定了，具体工作由陈主任负责。"

陈森笑着说："我会把咱们师对哑巴同志的这种真挚感情完全传达贯彻，请各位领导放心吧！"

师医院都是清一色的平房，不管是砖还是瓦都是青色的。虽然是平房，但房子相当结实。师医院院长刘书明亲自带领医院的几个战士，为哑巴准备好一间房间，并重新刷了一层白色涂料，房间打扫得干干净净，焕然一新。管理科的同志又把哑巴在师部办公楼家里的沙发、席梦思床、桌子、椅子等家具送了过来。

哑巴在师医院安起了家。

陈森还做了一件在当时算是爆炸性新闻的大事。

一天，陈森来到参谋长郁良高的办公室。

陈森直截了当地对郁良高说："参谋长，我看哑巴一个人住在医院也挺孤单的，能不能给他买台电视机？"

郁良高几乎不敢相信自己的耳朵，说："陈主任，你说什么？"

陈森笑了，他知道郁良高可能对他的这个大胆想法一时难以接受。其实陈森来跟郁良高商量也不是因为郁良高比他职务高，一个是参谋长一个是主任，都是副师职领导干部，平起平坐，主要是哑巴这个特殊人物属于他们两个人管。为何这么说，因为哑巴是干部，档案关系在政治部的干部科，但哑巴又不同于一般的干部，他是聋哑人，自理方面不如一般人，所以他的伙食关系放在了司令部的管理科，哑巴的工资由管理科的会计室发。

陈森说："我建议给他买台彩色电视机。"

从郁良高的脸上可以看出，那似乎是一件很遥远的事情。

陈森继续说："哑巴既没有亲人，也没有成家，留着钱有什么用，还不如让他彻底享受享受呢？再说他不是最爱看戏和文艺晚会之类的节目吗？"

郁良高想了想，说："陈主任说得有理，该让他享受享受。那就给他买一台吧。"

部队不愧为武装集团，首长的命令就是效率。在郁良高的指示下，管理科的同志立即满北京的商场跑，给哑巴物色彩色电视机。三天后，一台 18 英寸的彩色电视机——当时是北京最好的电视机之一，也是当时师医院唯一的一台电视机，放在了哑巴的新家。

哑巴看到这新鲜玩意儿能放出节目来，特别好奇，总是在电视机边前看看、后摸摸，就像当年看幼儿园的孩子们一样入神。这台彩色电视机不仅让哑巴十分好奇，就连医院的医生护士也都到这儿看看热闹。关系不好的人，哑巴还不让进，他们只得挤在门口瞅瞅。有些小护士想看电视，哑巴不让，她们急得在门口直跺脚。

一天，哑巴正在屋里看电视，看得津津有味，还不时“嗷嗷”地叫出声来。

突然，几个穿军装的人来到了哑巴房间门口。哑巴发现走在最前面的一个人的身影是那么熟悉。这人就是已经升任北京卫戍区政治部副军职副主任的杜泽洲。

很快，哑巴就想起来了，他是延安时的老指导员，后来的师政委。他快步扑向杜泽洲。

杜泽洲也显得特别激动，张开双臂，迎接哑巴这个老战友。哑巴与杜泽洲紧紧地抱在了一起。哑巴既高兴又激动，他“嗷嗷”地叫个不停。

随后，哑巴又从上到下把杜泽洲看了一遍，然后伸出了大拇指。

杜泽洲 1916 年 1 月出生于四川达县。1933 年 5 月参加革命工作，同年 9 月参加红军。1936 年 9 月加入中国共产党。土地革命战争时期，他先后任区苏维埃委员和侦察队长，红四方面军第 11 师政治部宣传员，总指挥部通信营、红四方面军第 34 团班长。1936 年入红四方面军教导团学习。后任总指挥部特务团连支部书记兼排长。参加了红军长征。抗日战争时期，任中央军委秘书长警卫员。1939 年入中央党校学习。后任中央教导大队班长、排长、政治指导员，中央警备团政治指导员。解放战争时期，任中央警备团政治教导员，中国人民公安中央纵队第 2 师第 4 团政治委员。新中国成立后，任公安警卫师第 2 团政治委员。1958 年入解放军政治学院学习。1959 年 7 月任北京卫戍区警卫师第 2 团政治委员，1960 年 6 月任警卫师政治部副主任，1961 年 9 月任警卫师副政治委员，1969 年 2 月任警卫第 1 师政治委员。1970 年 6 月任北京卫戍区政治部副主任。

杜泽洲听说哑巴重病住进了医院后，本来早就准备来看，但因为要去军区高级干部理论班培训学习，所以就给耽误了。杜泽洲也一直感到特别遗憾，自己在师里当了这么多年的领导，也没有给哑巴找个对象，甚至连他的家人也没有找到。

杜泽洲朝外面的几个战士扬了扬手，几个战士抬着一台大半个人高的冰箱来了。

看到这个又笨又高的东西，哑巴十分吃惊。他比画着“问”杜泽洲，这是啥东西？

杜泽洲笑了，也比画着“说”，这玩意儿叫冰箱，吃不完的东西可以放在里面，并且保证不会变味、发霉。杜泽洲“说”，这既是我个人的一点儿心意，也是卫戍区首长的心意。

那几个战士把冰箱搬进来后，杜泽洲又一一打开柜门，给哑巴介绍。哑巴不住地点头。

当时在北京市能用上冰箱的人并不多，但哑巴却用上了。

## 湖北来了封认父信

看到哑巴生活条件好了，也是团级干部了，许多人开始打哑巴的主意。经常有人到师部或是医院来找，有人说哑巴是他叔叔，有人说哑巴是他伯伯，有人说哑巴是他舅舅，有云南的、有贵州的，还有湖南的、江西的、湖北的，五湖四海的都有，但都有一个共同的特点，无根无据。

1973年夏的一天，已经升任组织科科长的冯景祥正在和副科长以及科里的几个干事研究开展一个党员活动的情况，师传达室收发员在门口大喊了一声“报告！”

这一声音中断了冯景祥的发言。

收发员站在门口说：“科长，你们科的信。从湖北寄来的，收信人是组织科。”

信递到了冯景祥手里，他一看，是从湖北寄来的信，收信人不是别人，正是师政治部组织科。信封上的字虽然不是特别漂亮，但认真工整，看得出写信的人是一个认真而有心的人。

冯景祥当场撕开信，信里有两页信纸，同时还从信封里掉出2张邮票来。

信的内容如下：

尊敬的一师政治部组织科：

我叫王迪华，是湖北省随州县洛阳店的一名普通群众，今年45岁。现在有一个情况向你们反映。我父亲是个哑巴，在1935年离家后一直没有回来，他叫王西南，后来经打听，他投奔了红军，并最后到达北京。

为了证实贵师哑巴确系我父亲，我向你们提供一条重要依据。听我母亲说，我父亲的右大腿处有一处10公分左右的伤疤。这处伤疤是我父亲小时候爬树时，不小心被树枝挂伤的。

我父亲参加红军后，留下了我母亲、我，还有一个妹妹，我们都十分想念他。请你们核查后，一定要给我们回信。

此致

敬礼！

王迪华

1973年7月8日

看这信写得有板有眼的，还真像那么回事，冯景祥自然不敢马虎，立即拿着信向副主任王振汉汇报。

王振汉搞政治工作多年，处理这样的事情自然驾轻就熟，他思索了一下说："冯科长，我看为了慎重起见，采取两种方法：一是跟哑巴本人核对一下，看他大腿上到底有没有伤疤，也问问他本人；二是向郭光金副师长他们这些老警备团的人了解一下。要真是这么回事，就给湖北回信，可以让他们过来认亲，但要注意，我们不能让那些图钱图利的人得逞。"

冯景祥说："我立即到医院去。"

王振汉说："那赶紧去吧！把事情办妥。"

冯景祥说："是！"

冯景祥骑着车子来到了师部大院西边不远处，永定路上的师医院。看到冯景祥来了，哑巴特别高兴，一把抱住他，要他看他的床、他的桌子、他的沙发、他的电视机、他的冰箱，还有养在窗台上的花草。

冯景祥哪有心思看，拿出那封信，然后用手势比画着告诉哑巴来此的目的。

基本明白冯景祥想要表达的意思后，哑巴先是十分惊奇，然后主动配合冯景祥掀开裤子。冯景祥把哑巴的裤子掀开时，看到哑巴的大腿处果然有一条10公分左右的伤疤。冯景祥十分吃惊，他想，难道这个哑巴真他妈的早就有妻有室，有儿有女了？

看着冯景祥十分惊奇的样子，哑巴也急了，站在那儿直跺脚。

突然，哑巴指了指天，然后“嗷嗷”地学飞机的轰隆声，紧接着哑巴钻进了桌子底下。爬出桌子后，哑巴就用手拍了拍大腿处。

冯景祥明白了：哑巴的这处伤疤是被飞机炸伤留下的，根本就不是被树枝挂伤的。

看了哑巴的举动，冯景祥心里有底了。随后，冯景祥又赶回师部，敲响了副师长郭光金办公室的门。

郭光金听了冯景祥的汇报后，并没有急于下结论，而是看了那封来信。

“假的，写信的人，或者说是指使写信的人，要么是从部队退伍回去的，要么特别了解我们部队的历史，并且对哑巴相当了解。哑巴的伤是 1938 年在延安时被炸的，这一点我记得非常清楚，我当时也在场，哑巴受伤后休养了半个月，因为休养没让他参加挖防空洞，他还跟营领导闹过矛盾。再说他根本不是湖北的，而是四川的，他妈的这些人真是挖空心思想搞钱。不要搭理他，搁一边。”郭光金看完信后坚定地说。

有了郭光金的这番话，冯景祥悬着的心又放了下来。

## 成立哑巴医疗护理小组

十一届三中全会以后，中华大地一派生机勃勃的景象，军营也同样充满了春天的活力。此时的哑巴已经是一个享受正团职待遇的老干部了。

虽然此时哑巴在师医院医生护士的精心照顾下，病情较为稳定，但毕竟岁月不饶人，晚年的哑巴患上了轻微的老年痴呆症。在石家庄时，曾经被哑巴拿扁担追打的那个卫生员小刘，也就是刘国忠，经过在卫生行业里 30 多年的摸爬滚打，已经成为一名副师职内科主治医生，并且还是内科主任。哑巴患的是心脏病和高血压，正好属内科管，主治医生就是刘国忠。

1979 年 5 月的一天，刘国忠接到了师政治部秘书科刘秘书打来的电话，说是师长找他，要他现在就到师部来一趟。

5 月的北京已经十分炎热。北京这鬼地方号称没有春天，直接就从寒冷的冬天到了炎热的夏天。当然这个说法有些夸张，只不过北京春天的时间较短而已。刘国忠坐在吉普车里热得要命，所以就想到了这些。

哑巴从 1972 年 6 月住进师医院后，刘国忠往师部来的频率就高多了，有时是汇报工作，有时是办私事，但有相当一部分时间是向师领导汇报哑巴同志的情况。让人感到欣慰的是，师领导也把关心照顾哑巴同志作为一个优良传统，一代一代地传承了下来。自从哑巴患了老年痴呆症后，刘国忠就萌生了一个想法，那就是组建一个照顾老哑巴的医疗护理小组，不过他一直没敢跟师领导提。可能师领导不会同意，自师组建以来，恐怕还没有谁享受过这样的待遇，不要说师长政委了，就是卫戍区的司令员、政委也不一定有这样的先例。

刘国忠来到师部办公楼二楼，在那稍稍放松了一下，然后整理了一下军装，朝师长郭光金的办公室走去。

“报告！”刘国忠大声说。

郭光金没有回答，门却渐渐开了。

后勤部部长韦书生把门打开的，并探出一个脑袋来。

“部长也在！”刘国忠说。

韦书生连忙说：“快进来，师长找你。”

刘国忠向郭光金敬了一个标准的军礼。

郭光金右手夹着一支烟，开门见山地对刘国忠说：“国忠，谈谈老哑巴的情况。”

刘国忠说：“师长，老哑巴身体大不如以前了，并且患有轻微的老年痴呆症，独立活动显然已经不行了，必须有人全天照顾，没有人看着，他就胡来，甚至暴饮暴食，给什么吃什么。”

郭光金叹了口气说：“真是岁月不饶人啊！想当年在延安的时候，老哑巴身子骨多硬朗啊！一口气挑上几十担水都不休息的。”

刘国忠有点安慰的意思说：“师长，人老了就这样。”

郭光金说：“可能是老哑巴以前太劳累了。国忠，依你看，老哑巴大概有多大年纪了？”

刘国忠说：“看那样子，恐怕70多了。”

郭光金说：“哦！你们要全力以赴地照顾好老哑巴，有什么困难，你现在就提，我把韦部长叫过来也是这个意思。”

韦书生说：“不要怕麻烦，也不要怕花钱，关键是要照顾好他，就当自己的老父亲来照顾。”

刘国忠听师长和后勤部长如此表态，不失时机地说：“为了更好地照顾老哑巴，我建议成立一个照顾哑巴的医疗护理小组，不仅便于照顾老哑巴的日常生活，还可及时对他的病情进行了解治疗。不知道首长同不同意。”

郭光金一拍大腿，说：“好啊！我们怎么就没想到呢。”

韦书生也说：“这个提议好。”

郭光金说：“国忠，你是搞内科的，这个护理小组由你来具体负责组织。不过，你要做好吃苦的准备！”

刘国忠说："首长，保证完成任务！照顾老哑巴是我们义不容辞的责任。"

韦书生说："有什么具体困难，及时跟我们说，我们会从财力物力上全力保障。"

刘国忠得到了师长和后勤部长的"尚方宝剑"，乐哈哈急匆匆地往师医院赶。

刘国忠回到医院就把这件事跟院长汇报了，院长说："护理小组的组成人员，医院里的人任你挑，设备任你选，你放开手脚干吧。"

当晚，刘国忠就把内科里的医生护士，还有在这儿实习帮忙的基层连队卫生员都召集起来，开了个会，先把师领导的指示精神传达了，然后就宣布成立哑巴同志护理小组组成人员名单，组长就是刘国忠自己，主要护理哑巴的护士是小张，甚至连医院里做饭的白师傅都是护理小组组成人员。

## 哑巴与“女儿”小张

护理哑巴的护士小张年轻，才 20 露头，长得漂漂亮亮的，走起路来，两只长长的小辫子在后面一翘一翘的。开始小张没把这个事想得那么复杂，认为照顾老哑巴，无非就是定时给他检查检查身体，监督他吃吃药之类的，所以他主动要求照顾哑巴。但是几天后，小张就开始打退堂鼓了。因为哑巴脾气喜怒无常，并且老爱摸小张长长的小辫子，有时还攥她的手心，特别是领着哑巴到院里散步时，哑巴总喜欢把右手放在小张的白大褂里。稍不注意，哑巴就把吃的水果啊什么的弄得满屋子、满床铺都是，让爱漂亮爱干净的小张哭笑不得。走在院子里，小张总是抿着嘴，不敢正视其他人，好像做了什么见不得人的事一样。

哑巴屋子窗台上小金鱼缸里的小金鱼，是小张精心养的。一天，小张出去办事了，等他回来的时候，十几条小金鱼全都死了。小张特别生气，比画着质“问”哑巴，这小金鱼是怎么死的？

哑巴可能知道自己犯了错误，低着头，坐在铺上，自顾玩自己的那些勋章、奖章，要么就捣鼓着苹果之类的东西。

小张把手往金鱼缸里一放，水还是温的，仔细一看，还冒着热气呢，然后她又晃了晃热水瓶，里面的水都没有了。小张急得泪都出来了，她把东西一扔，朝刘国忠的办公室跑去。

小张对刘国忠说：“主任，这个工作我没法干了。”

刘国忠知道，肯定是老哑巴把这个小姑娘惹火了，他笑了笑，安慰着小张说：“小张，别着急，慢慢说，慢慢说。”

小张说：“老哑巴把我的小金鱼给弄死了。”

刘国忠算是松了口气，笑了笑问：“怎么给弄死的。”

小张说：“老哑巴趁我不在，往金鱼缸里倒开水，都快把小金鱼煮熟了。”

刘国忠说：“这老哑巴也够刁的，这样的鬼点子都能想到。不过小张，小金鱼没了可以再买嘛！”

小张继续羞羞答答地说：“还有呢，老哑巴老爱摸我的辫子，有时还攥手心，劲还挺大的，疼得要命。”

刘国忠抽了口烟，忍不住笑了。刘国忠说：“人老了都这样，更何况老哑巴还患了老年痴呆症呢，他绝对不会有什么恶意，也不会对你造成什么伤害，你就把他当你老父亲来照顾。”

小张说：“恶意倒是没有，有时还蛮可爱的，就是捣起乱来，让人哭笑不得。”

刘国忠说：“小张，你回去思考一下，要是硬不想照顾老哑巴了，我们也不勉强，想好了再跟我说，行吧！但话又说回来，谁没有老的那一天啊！谁没有父母亲啊！”

小张说：“行。”

第二天刚上班，小张就敲开了刘国忠办公室的门。

还没等小张说话，刘国忠就说：“小张，想清了没有？”

小张笑着，小声地说：“想清了。”

刘国忠当时还真有点担心，他以为小张想清了要退出护理小组，因为在内科她是护理哑巴的最佳人选，年轻、有经验、有精力，还充满热情，心地善良，有亲和力，自从分配到医院来就与哑巴及其他病号相处得比较融洽，是个人见人爱的小姑娘。

刘国忠说：“小张，那你说说你的想法。”

小张小声地说：“就把老哑巴当自己的老父亲来照顾呗！”

刘国忠的脸上立即轻松起来，他一拍桌子，说：“好样的，小张，照顾老哑巴确实要有忍耐心，人老了都这样，老小孩老小孩嘛，把老哑巴当小孩糊弄就行！”

小张说:“请主任放心吧!”

以后，在医院的院子里，总可以看到小张带着哑巴遛弯，哑巴把右手放在小张的白大褂里，像个小孩子一样，跟在小张屁股后到处转悠。医院里的医护人员没事的时候还老爱逗老哑巴玩儿。

# 卫戍区政治部干部部批复：同意哑巴同志按副师职待遇离休

八一建军节了，小张考虑到这一天老哑巴的一些战友会来看他，所以她就要哑巴待在屋子里看电视，不让他出来。之所以这么做是有原因的，要是哑巴知道有谁送东西来，并且知道是要送给他的，他就要把东西放到他自己的冰箱里，冰箱里放满了，就放到自己的床上，他会毫无节制地乱吃一通，从白天吃到夜晚。包括电视机也只能白天放在他屋子里，要不然他要看一通宵，不关电视。

这天，师副政委熊健来了，陪同他一块来的还有管理科和干部科的几个参谋干事，他们提着几包营养品、几大袋水果。刚进楼道，小张就挡住他们说："首长，东西不能给老哑巴，得放我这儿，由我保管。"

熊健用不解的眼神看着小张。

小张笑着解释说："首长，老哑巴现在老糊涂了，只要把东西往他那儿一搁，他就乱吃一通。他今天能不能认出你来还不知道呢。"

熊健听小张这么一说，笑着说："这老家伙还是德行不改啊！"

小张听熊健这么一说，她也迷惑了。

熊健看小张迷惑的样子，说："老哑巴人没得说，革命工作干得好，就是把自己的东西看得紧，东西只要到了他手里就别想轻易拿出来。这些，我在延安的时候早就领教过了。"

小张与同来的机关干部都笑了。

熊健说："小张，把东西收好，适量的给老哑巴吃点儿就行了，别让他胡吃，吃坏了身体怎么办。"

小张说："请首长放心，我会搞好监督的。"

当熊健出现在哑巴眼前的时候，哑巴盯着他看了半天，他在使劲地思索。大约过了两三分钟，哑巴一阵欢喜，跑过来紧紧地抱住熊健。熊健热泪直流，他立即想到了在延安时与哑巴共事的日子，他更忘不了离开五连时哑巴送给他的那一块银元与那个帽徽，直到今日，他还保留着，那是战友真情的见证。30多年过去了，那时的情景还历历在目，仿佛就发生在昨天。

哑巴比画着告诉小张，洗几个水果过来。

然后，哑巴又比画着问了熊健一些基本情况，比如家里好不好，父母好不好，儿女好不好之类的。

熊健感觉特亲切，一一作了"回答"。

即使哑巴处在病中，并且一直住在师医院，但师领导时刻牵挂着老哑巴。

1981年5月的一天，师政治部干部科一纸报告呈报到了卫戍区政治部干部部。

这是一个关于老哑巴离休及职级评定的请示件，报告请示老哑巴按副师职待遇离休。

卫戍区政治部干部部每年审批晋职、任职、免职、退休的文件达几百个，但批复一个哑巴按副师职待遇离休还是头一回。部长吕企儒早就听说过有关老哑巴的情况了，他对参加评审的同志说："我看，这就没有什么好讨论的了，全军又聋又哑的红军恐怕只有哑巴一个人，仅凭这一点，我们就要批。"

几天后，师政治部干部科接到卫戍区政治部干部部的批复：同意哑巴同志按副师职待遇离休。

## 哑巴同志在北京逝世

1983 年 5 月底，哑巴病重。

心脏病和高血压，加之年纪大了，各种器官功能渐渐衰竭。对于哑巴的病情，有着丰富经验的刘国忠心里非常清楚，再高明的医术、再先进的医疗设备对于老哑巴来说，恐怕也无力回天了。

消息传开，一同与他从长征路上走来，一同与他从延安走来，一同与他从西柏坡走来的战友都来了，包括杜泽洲、熊健、郭光金等卫戍区和师里的领导，可惜老哑巴已经一个都不认识了，他已经陷入了深度昏迷的状态。

刘国忠向师领导汇报了哑巴病危的消息，师领导指示：尽可能地让老哑巴多活点儿时间。这是一句朴实的话，也是一句蕴含了深厚战友感情的话。由于哑巴是政治部的人，但属于司令部管，所以参谋长张春水和政治部主任刘庆山分别向管理科与干部科这两个主管部门作出了指示：准备老哑巴的后事。

6 月 14 日晚 8 时 25 分，一阵声嘶力竭的哭喊声划破夜空。

老哑巴走了!

老哑巴告别了这支跟随近 50 年，且一直保卫党中央、中央军委的警卫部队，告别了许许多多的战友。他一辈子没有说过一句话，他一辈子也没有听见人家说过一句话，他为革命工作了几十年，从没有向组织索取过什么，他就这样走了，就像他来的时候一样什么也没带。

这天晚上，从师机关到医院，到处都是灯火通明，官兵们都在紧张而又井然有序地忙碌着。

根据师首长的指示，立即成立了哑巴同志治丧小组，组长由专管干部的副政委张恒锡担任，副组长由张春水和刘庆山担任，成员分别是机关各部的副职领导，以及管理科、干部科的科长。治丧小组办公室设在管理科。

第三天，哑巴同志治丧小组向老哑巴生前领导、战友，以及相关单位的领导和人员发出了讣告通知：

**讣 告**

北京卫戍区警卫一师副师职离休干部哑巴同志，因病于1983年6月14日晚8时25分在北京逝世。兹定于6月20日上午8时30分在八宝山公墓礼堂举行追悼会，并向遗体告别。

哑巴同志治丧小组

组织科、干部科立即组织了机关里的几个笔杆子，集中力量给哑巴写悼词。他们从干部档案里把冯景祥1972年写的那个悼词调了出来，并进行了认真的修改、补充、完善。他们读了一遍又一遍，互相修改着，力求做到每句话每个字都准确、客观、动人。虽然只有短短的1000多字，但他们却字斟句酌，加了一天一夜的班。

医院里，小张与其他几位护理人员正在为老哑巴整容。小张一边拍着哑巴的尸体，一边哭着：

“爸呀，我亲爱的爸爸，您怎么说走就走了呀，女儿想念您呀……

“爸呀，我的亲爸，您要走了，就不能把右手放在女儿白大褂的口袋里到院儿里遛弯了；

“我的亲爸呀，您要走了，就不能攥着女儿的手心了……”

与小张一起的其他几个护士，也是一边擦着眼睛，一边给老哑巴换衣服、整容。

小张那凄惨、悲凉的哭声穿透医院上空，在空旷的天空久久回荡。

在场的人，不管是军师职领导，还是刚入伍几个月的新兵，都悄悄地擦拭着眼泪。

管理科的同志也着手整理老哑巴的遗物。虽然老哑巴自1972年5月得病后组织上给他提供了比较优裕的条件，但当管理科的同志打开老哑巴的行军包时，不禁从内心深处对老哑巴多了几分敬畏。这个行军包是老哑巴的全部家当。

管理科的同志清点了老哑巴一辈子的家当：

六枚勋章和奖章；

一顶红军长征时的旧八角帽；

一对发黄的红军长征时戴的红领章；

五双新胶鞋；

四套新军装。

虽然他所住的屋子里有冰箱、彩电，但那些都是组织上强加给他的，不是他本意上的财产。其他的都是一些不值钱，或是没有什么价值的小东西。

6月20日上午8时30分，追悼会及遗体告别仪式在八宝山公墓礼堂举行。医院除了值班的，其他医护人员全都去了。师机关及直属队去了400多名官兵，哑巴生前的战友、老领导都来了，卫戍区的代表也来了。

追悼会现场一片庄严肃穆。

师长舒国汉是湖北黄陂人，是一位有着20多年经验的老警卫了，从战争年代到和平年代，各种各样的大风大浪都见识过了，但当他拿起哑巴的悼词准备念时，这个历来沉着稳健刚强的汉子颤抖了。念悼词时，他的声音是呜咽的，但同时也是动情的：

> 今天，我们怀着十分沉痛的心情，深切悼念我师红军战士、副师职离休干部哑巴同志。哑巴同志长期患有心脏病、糖尿病等疾病，虽经多方治疗，终因年逾古稀，医治无效，于1983年6月14日晚8时25分在北京逝世。
>
> 哑巴同志祖籍在四川一带。1935年6月，中国工农红军第一方面军长征途经该地，由于不识路，想找一些向导引路，而当地老百姓为了躲避战乱，都躲了起来，遇上了哑巴，由于他又聋又哑，被红军战士误认为是奸细，就带上了他。后来，发现哑巴确实是哑巴，但不是奸细，于是决定放他回家。哑巴同志眼见红军打土豪，救贫农，是为穷苦百姓翻身求解放的好部队，毅然要求参军，虽多次劝其返乡，但他坚定不移，坚持跟随红军长征，领导见他态度坚定，就将他收留，编入政治保卫大队三队炊事班，

从此走上了革命的道路，成为革命队伍中的一员。长征路上，他不怕艰难困苦，不怕流血牺牲，紧跟部队，奋勇前进。行军途中，不管生活多么艰苦，环境多么恶劣，情况多么危急，他肩挑100多斤重的担子，从未掉过队，部队一宿营，他就忙着挑水做饭，积极为部队服务。哑巴同志跟随红军，历尽千辛万苦、千难万险，于1936年10月胜利到达陕北。1937年，他被编入中央军委警卫营第3连。后来，中央军委警卫营响应毛主席“自己动手，丰衣足食”的伟大号召，抽调人员到南泥湾开展大生产运动，哑巴同志被调去担负为6个中队、700人供水的任务，他每天到几里路远的地方挑水四五十担，鞋磨烂了，就光着脚坚持挑。他看到机关卫生所的女同志挑水困难，就主动帮着挑，受到大家的赞扬。1942年10月，中央军委警卫营和中央教导大队合编为我师的前身——中央警备团。开始，哑巴同志分到五连工作，后来被分配到团部炊事班工作，他仍然勤勤恳恳、不辞劳苦，起早睡晚地工作，每天赶着牲口到山下驮水运水，保证了团部机关人员的吃水用水。1947年，蒋胡匪军大举进犯延安前夕，哑巴同志随同中央机关转移到河北省西柏坡，随后参加了卫戍石家庄的任务。1949年3月，他又跟随部队保卫党中央到达北京。部队刚进京时驻在香山，那时哑巴同志虽然身体已有了病，但他仍坚持到泉边担水、运水。到旃坛寺、公主坟以后，有了自来水，吃水再不用人担了，哑巴同志却不肯休息，在机关看到哪里不干净就打扫，他还主动在澡堂门口帮忙收票。后来，哑巴同志负责看管果园，他每天在果园内拔草、浇水，发现有人损坏果树时他就及时制止。哑巴同志就是这样，一直工作到1972年才因年迈多病离职休息。在日常生活中，哑巴同志始终保持劳动人民勤俭朴素的本色，实行薪金制后，党组织按月发给他工资，他从不乱花一分钱，不贪图安逸享受。他得病后组织上给他提供了比较优裕的条件，但他却穿旧不穿新，舍不得多吃，舍不得多用，过着艰苦朴素的生活，始终保持着红军战士的革命本色。

哑巴同志参加革命以来，在部队党组织的关怀下，成长为一名坚强的革命战士。他在平凡的岗位上，几十年如一日，勤勤恳恳，兢兢业业，不辞劳苦，认真负责地工作，为中国人民的解放事业，为保卫党中央，保卫首都安全，为我师建设作出了力所能及的贡献。他的逝世，使我们失去了一位老同志，老战友，我们无比怀念他。

哑巴同志虽然不能用言语表达自己的思想和感情，但他的行动体现了一个革命战士的崇高思想和优秀品质。我们悼念哑巴同志，就要以实际行动向他学习。学习他对党的事业的无限忠诚和坚贞，对人民军队的无比热爱和向往；学习他埋头苦干，不计报酬的“老黄牛”精神；学习他认真负责，一丝不苟，叫干什么就干好什么的工作态度；学习他翻身不忘本，生活好了不忘过去苦，勤俭节约，艰苦奋斗的优良传统和作风。

哑巴同志逝世了，但他不平凡的业绩将永远留在我们心中。我们要化悲痛为力量，在党的领导下，认真贯彻党的十二大会议精神，学习党的路线、方针和政策，自觉在政治上同党中央保持一致，努力加强部队建设，圆满完成党和人民赋予我们的以警卫为中心的各项工作任务，把我师建设成为党中央放心，人民群众满意，政治思想和业务技术过硬的警卫部队。

哑巴同志安息吧！

随后，官兵们一对一对地来到老哑巴遗体前鞠躬。

一周后，在军区的报纸第四版的右下角出现了一个短小的讣告：

### 讣　告

北京卫戍区某警卫师老红军哑巴同志，因长期患病，经多方医治无效，于1983年6月14日晚8时25分在北京不幸逝世，终年70多岁。哑巴同志自1935年6月参加革命工作以来，工作认真负责，积极肯干，深受上级领导和战友们的好评，他的病逝，使我部失去了一位好同志。

至今，哑巴同志的骨灰还存放在八宝山革命公墓骨灰堂。

# 尾 声

哑巴走了，留给了曾经和现在在师部工作和生活的官兵们无限的思念。

哑巴死后，他存在管理科会计那儿的工资还有7000多元，留下了一些简单的家具，以及冰箱、彩色电视机等物品。考虑到哑巴没有后代，也没有亲人，没有人能继承他的财产和这笔存款，加之照顾哑巴多年的师医院也已移交给了武警总部，师党委决定为此事召开一个专题会，研究存款和财产的分配。

会议由政委主持。政委简单介绍哑巴的遗产后，师长讲话。

师长说："同志们，老哑巴已经离我们远去了，但我们今天还很有必要开这个会。老哑巴的财物和工资具体怎么办，司令部也提出了具体的意见，我看司令部的意见提得很好，鉴于哑巴生前十分喜爱幼儿园的小孩，将这笔钱捐给幼儿园，购买一些教学设备。孩子是未来，孩子是希望嘛！也算是了却了老哑巴的一桩心愿。至于老哑巴生前留下的个人物品，就留给医院吧，虽然医院已经移交给了武警总部，但医院的同志们，特别是护理小组的同志们为老哑巴的生活起居做了很多艰辛细致的工作，也算是老哑巴对医院的一种感谢与回报吧！老哑巴生前珍藏的组织上授予给他的三级八一勋章和八一奖章等6枚勋章和奖章，我建议捐献给武警总部医院荣誉室。同时，我也建议在全师范围内开展一个学习革命优良传统精神的活动，学习张思德和老哑巴他们这种全心全意为人民服务的精神，力争把警卫工作推上一个新的台阶，永远做党中央、中央军委放心的忠诚卫士。"

听完师长讲话后，其他常委纷纷表示赞同。

几天后，师政治部收到了武警总医院政治部的一封感谢信：

### 感谢信

一师政治部：

非常感谢贵师将哑巴同志生前财物冰箱、彩电等捐赠给我院，特别是贵部还将组织上授予给哑巴同志的三级八一勋章、八一奖章等6枚勋章和奖章，全部捐赠给我部，这既是对我院的极大信任，也是一种莫大的鼓励与鞭策。

在以后的工作当中，我院全体医务人员将认真学习哑巴同志这种对党的事业无限忠诚和坚贞，对人民军队无比热爱的精神；学习他埋头苦干，不计个人报酬的奉献精神；学习他认真负责，一丝不苟的工作态度；学习他那种艰苦奋斗、勤俭节约的良好作风。

武警总部医院政治部

7月2日

哑巴走了，但他的精神还在！